# SOUS LA TONNELLE

DU MÊME AUTEUR

*REFLETS DE LUNE*
Poèmes, Dar An-Nahar, Beyrouth, 2001

*BLESSURES DE L'EAU*
Poèmes, Dar An-Nahar, Beyrouth, 2004

*L'ARMOIRE DES OMBRES*
Roman, Sabine Wespieser éditeur, Paris, 2006

*NAÎTRE SI MOURIR*
Poèmes, éditions L'Idée bleue, Chaillé sous les Ormeaux, 2008

HYAM YARED

# SOUS LA TONNELLE

roman

SABINE WESPIESER ÉDITEUR
5, RUE BARBETTE, PARIS III
2009

# 1

JE N'AI RIEN DIT CE JOUR-LÀ. Je suis restée sans voix. J'avais quitté ce monde en même temps que toi. Pourtant je suis restée. Assise dans ton boudoir, je les entends dans ton salon. Ils sont nombreux tout habillés de noir. C'est noir, un corbeau. Enfant, je les voulais blancs. Je les coloriais. Je noircissais autour et laissais une tache blanche. Je te disais : « Tu vois ? C'est blanc. » Tu souriais.

Ce jour-là, déjà, tu manquais à ma page. Sur ta table de travail, une boîte de crayons ouverte. J'ai voulu dessiner ta mort. Dans la boîte, pas de noir. La mort est blanche. J'ai pleuré de les entendre rire. De les savoir assis dans tes fauteuils. Vautrés parmi ces objets qui ont fait ta vie. Je sens en moi la peur. Pas la même que la tienne. L'obus n'est pas cruel. Il s'écrase tout simplement. Tous ces gens, obus vivants. Rapaces autour de la mort.

Je lis une lettre laissée dans un tiroir. Une prière datée de 1984 que tu as rédigée pour que la mort soit aussi blanche que les corbeaux d'un enfant.

*Mon dieu. La peur semblable à la marée monte en moi et m'oppresse au rythme des obus. Le bruit me paralyse, je ne peux que murmurer. Protégez-les. Protégez tous ceux que je connais. Parents, amis, serviteurs. Tous ceux que j'aime. Et les indifférents. Qu'importent nos passions ? Devant la mort cela vaut-il la peine ? Un coup de feu dans le silence de l'après-midi. Une bombe suit. Nous vivons dans un monde en folie. Qui tire sur qui, et pourquoi ? Une guerre de rue. On reconnaît la cible au trou dans le mur. Dans l'humain. Parfois dans un chien errant. Quels visages derrière quelles gâchettes ? Cela s'arrêtera-t-il un jour ? Cela a-t-il une fin ?*

Leurs voix me parviennent. Ils affluent par groupes pour présenter leurs condoléances. Tout est noir. Même les mots. Aucune décence pour les morts. Je reprends ma lecture.

*Une série de Kalachnikov. Ceux-là qui se prennent pour des dieux. Faut-il prier les hommes ? Semeurs de mort, de destruction. Et tout continue. Tout recommence. Enfants, nous lancions une pierre dans une flaque d'eau. Quelques cercles concentriques autour de l'endroit qui allaient s'atténuant. La surface redevenait lisse. En sera-t-il ainsi de nous ? Enfin lisses, apaisés. Je veux croire qu'on ne peut être abandonnés. Pourtant c'est bien fini. Adieu, peut-être. Que peut-on faire devant l'inéluctable ? Tirer sa révérence. Sans peur. Je suis soulagée de t'avoir écrite, lettre. Et j'espère que t'écrire n'est présage d'aucune mort. Parce que je t'aime, ô Vie, plus que tout au monde.*

Faut-il l'aimer si fort, la vie, et mourir ? Tous ces corbeaux en vie. Je suis interrompue par une dame qui fait intrusion dans la pièce et demande à déposer son vison en lieu sûr. Elle semble craindre pour lui qu'il ne soit rangé avec d'autres manteaux. Elle est en train de parler à son vison. Lui dire de ne pas s'en faire. Qu'elle ne le laissera pas côtoyer des manteaux de basse extraction. Elle y met de la conviction.

« Il est noble, dit-elle.

– Qui ça ?

– Mon vison. Tenez. Touchez le poil. » Elle insiste.

Juillet bat son plein et, à part le sien, aucun manteau nulle part. J'ai eu peur qu'elle ne s'en prenne à moi et ne me fasse la peau. Finir vison sur son corps. Je l'ai débarrassée. La dame a eu l'air satisfait avant de ressortir. Je suis restée avec sa peau.

Je l'ai revue plus tard, à l'heure du repas, qui se délectait des victuailles servies par la famille, tradition oblige. Célébration de la morte sur plusieurs jours. Trois. Trois jours au cours desquels toutes les délégations de corbeaux défilent. Des courts, des gros. Des sans pattes. Des sans ailes. Toutes ces civilités autour d'une morte. Des tables entières de victuailles. Faut-il manger pour pleurer ? Jamais table ne fut si garnie. Crevettes, saumon, salades de toutes sortes. Quiches, agneau farci, ragoûts divers. Ça creuse d'être corbeau. Ça donne faim. C'est là que je l'ai revue, enfournant une crevette de ses doigts boudinés. Lorsqu'elle s'est aperçue de ma présence, elle a pris un air triste et, la bouche pleine de crevette, ou d'ennui, m'a dit : « Il fait beau aujourd'hui. »

## 2

Avant de prendre l'avion, j'étais passée te voir. Tu m'avais fixée longuement. Je n'y avais vu qu'un au revoir de routine. La mort des autres est routine. Mon père avait été bref. Il avait laissé un message à la réceptionniste de l'hôtel. « Ta grand-mère est morte. Reviens. » Il n'a pas été au-delà de cette phrase. Mon enfance est dans ton cadavre. Tu avais attendu que je sois en plein vol pour t'éteindre. Tu ne voulais mourir devant personne. Pleurer les morts, c'était pour toi porter offense à leur mémoire. J'aurais voulu avoir pour moi ton dernier souffle. Te sentir partir, avec l'amour comme un nœud coulant. L'étranglement ne s'est pas annoncé. Enfant, je te demandais : « Comment meurt-on ? » J'aurais voulu savoir ce qui nous lâche en premier. L'amour ou le cœur. Je devais prendre le premier vol pour Beyrouth. J'ai tout annulé. Je ne pouvais laisser ta mort en pâture aux indifférents. J'étais née le jour où tu m'avais aimée. Tu étais passée de l'autre côté du temps. Il était normal que je parte le jour de ton décès.

Rater la mise en bière m'avait mise en rogne. J'avais à peine eu le temps d'arriver, de me précipiter chez moi, déposer mes valises, m'habiller de noir et rattraper la messe. Mon bientôt ex-mari avait laissé un mot pour moi à Anis, notre fils aîné. Anis avait tendu le papier, les larmes aux yeux. J'avais voulu le prendre dans mes bras. Il s'était retiré de l'étreinte. Anis n'aime pas les effusions.

« Papa te présente ses condoléances. »

Il aurait pu appeler, pensai-je en dépliant le papier où m'attendait son écriture serrée. Quelques mots pour dire qu'il compatissait. J'étais quand même touchée. Le lire était rare. Fayçal avait toujours eu du mal avec le langage. J'avais eu beau lui expliquer que les mots n'étaient pas cotés en bourse et que les dire n'engageait aucun investissement financier, rien n'y faisait. Fayçal était victime d'une aliénation sentimentale dans laquelle il ne faisait que sombrer chaque jour un peu plus. Malgré lui.

« On naît mieux bourgeois que paysan. » Mon père s'exprimait avec fierté à propos de sa naissance. Il parlait de la chance d'être « bien né ». « Comment naît-on mal ? » En Orient, on ne réplique pas. On acquiesce ou on fuit. La réponse m'avait valu les foudres de mon père, et ton sourire amusé. C'est dans tes sourires que j'ai bâti ma résistance. Mon père voulait que je sois à la hauteur de ma naissance. J'étais en deçà ou ailleurs. Jamais à l'endroit de mon corps. Tu disais que naître était un hasard sans hauteur. « C'est vivre qui nous élève. » Tu parlais de la vie en italique. Du bonheur en exergue. Ton écriture, légèrement penchée. La tendresse, un angle entre les deux.

Un jour que j'étais rêveuse dans ton salon, tu me fis découvrir Brel. Sa chanson. *Les bourgeois. Plus ça devient vieux, plus ça devient bête.* J'ai pleuré de savoir qu'on vieillit. Je n'avais rien choisi. J'étais née, et je ne voulais pas mourir au même endroit. Je m'imaginais telle quelle, mais ailleurs. En Inde par exemple. En Iran, voilée et révolutionnaire. Dans un camp palestinien, issue d'une famille de réfugiés. Rester sur place m'indisposait. Écrire, c'est partir un peu. J'écrivis de tout mon être. Les mots réconfortaient ces besoins de fugue qui vous étreignent sans retour. Il m'importait peu d'arriver quelque part du moment que je partais. Je ne voulais qu'une chose : m'absenter.

Lorsque j'entrai dans l'écriture, je n'en sortis plus. Écrire me happait hors du monde. Il y a un sentiment de culpabilité à n'être nulle part. Ni sur place. Ni ailleurs. J'étais orpheline d'une chose indéfinie après laquelle je courais. Mon mari me reprochait d'être absente chaque fois que je langeais notre enfant. « Mais tu ne comprends pas ? Je pense à ton fils. Il pisse sa mort depuis qu'il est né. » C'en était trop pour Fayçal, las de me voir me retrancher en moi-même en plein milieu d'une réunion familiale. Un soir, il eut même besoin de me gifler pour s'assurer que j'étais présente. J'étais convaincue que j'étais née pour rien. « Nous venons du vide », te dis-je lorsque j'atteignis l'âge des philosophies de comptoir. Tu objectais en répliquant : « Nous venons de l'espoir. » Sur une page blanche, je trouvais asile. Je n'étais jamais sans-papiers dans le mot.

Je n'ai pas vu l'intérêt de m'accrocher à un cigare comme les réfugiés s'accrochent à leur identité. Dans le pays d'où je viens, il y a des hommes au bout des cigares. Un compte en banque. Une maison. Deux plutôt qu'une. Une voiture toutes options, toit ouvrant et sièges en cuir. Des femmes en instance d'achat, de revente, de location. Lorsque je rencontrai Iskandar, un self-made man comme on les appelle chez nous, je sus qu'il attendait de moi que j'aie un prix. Il voulait m'inviter partout. M'acheter. Pour un verre, l'apéro d'abord. Le champagne ensuite. En enlevant sa veste, faire en sorte que Cerrutti me saute aux yeux. Il voulait que je sois une prolongation de lui. J'ai refusé. J'ai fait de l'auto-stop. Suis rentrée dare-dare. À pied. Mais prolongation de moi-même. La gratuité n'était pas dans ses moyens.

Lorsque j'ai dit non à Iskandar, mes parents me firent appeler dans leur chambre à deux lits. J'avais mis du temps avant de les apercevoir dans la pénombre accentuée par d'épais rideaux. D'une voix synchronisée ils m'initièrent à mes débuts de femme « bien née ». Que je sois en âge « d'avoir un copain » méritait conciliabule. « Un copain respectable, dit mon père, doit être sérieux. » À quoi le reconnaître ? « À sa demande en mariage. Un homme sérieux t'en fera une dès la cinquième sortie. »

J'avais eu à peine le temps d'identifier Fayçal que ses parents se rendirent dans les délais auprès des miens demander ma main et mes ovaires. Tous deux en consignation. Ils passèrent ainsi pour des gens irréprochablement sérieux, et moi pour une cruche irréprochablement cruche. C'était un jeudi soir. Nous n'en étions qu'à notre quatrième sortie. Au retour de ma soirée, je trouvai mes parents sur le seuil de la porte, bouleversés. Ma mère me prit dans ses bras et me serra comme si j'allais mourir demain. Mon père me dit, solennel : « Mabrouk, ma fille, tu as fait le bon choix. Les parents de Fayçal ont fait leur demande. » Fayçal et moi fûmes les derniers informés. Le lendemain, il me demanda d'une voix ensommeillée : « Tu as su pour hier ? Tes parents et les miens ? La demande en mariage ? Qu'est-ce que tu en dis ? » Je lui répondis : « Et pourquoi pas ? » Fayçal avait une qualité non négligeable. Il ne fumait pas.

On croit choisir. On est choisi. Enfant, je voulais construire un « musée des choix anciens ». Ceux qu'on oublie dans une corbeille. Ton jardinier avait attaché un tuteur à ton jasmin. Il fallait que le grimpant suive le mur. J'ai toujours eu peur de subir le sort de tes grimpants. J'ai vécu longtemps le corps et l'âme sanglés par mon éducation. J'ai alors développé une technique infaillible pour passer d'un choix à un autre comme on saute dans le vide. Comme on jette un enfant mort-né. Sans aucune reconnaissance pour ce qu'il fut. Jamais je ne pus mieux naître qu'en quittant. Mes parents. Plus tard, mon mari. Lorsque je fis mes bagages et ceux des enfants, Fayçal me lança à la figure : « Maintenant que tu pars vivre seule, il ne te restera plus personne à quitter que toi-même. Tu ne fais que détruire ce que tu as. Bientôt, tu t'en prendras à ce que tu es. » J'attribuai sa phrase à de la rage et partis, drapée de mon nouveau choix. Le divorce.

# 3

Pendant que les salons grouillent, la vie réside ailleurs. On attend d'une éplorée lors de condoléances qu'elle tende la main vers les autres. Je suis tendue vers ton absence. Parmi tes lettres. Dans la seule vie qui désormais m'intéresse. La tienne. Je reste confinée dans ton boudoir, la tête penchée au-dessus des tiroirs de ton bureau en bois d'ébène sous lequel je me cachais enfant. Le tiroir regorge de papiers. Tu ne jetais aucune de tes lettres. Celles que tu écrivais. Celles que tu recevais. Tu avais inventé la première photocopieuse artisanale, recopiant dans des cahiers tes lettres avant leur envoi. J'ai toujours eu du mal à jeter. Les mots. Leur mortalité. Le temps qui reste. Qui manque. Je conserve tous les textos dans mon portable et trouve douloureux de m'en défaire. Les reçus, les envoyés, les enregistrés. Et puis, les supprimés. Je ne peux m'empêcher d'y voir un cimetière. De ton temps, les tiroirs. Du mien, des disques durs souffrant de surcharge. Sur ma messagerie vocale, je me fais violence pour effacer les voix. Je conserve tout ce que je ne peux déclarer chez moi. Ma vie en deux versions. Chaque fois que je prends l'avion, je m'engage dans la ligne des articles à déclarer. J'ai moi. À déclarer. On me refoule toujours. Il paraît que soi n'est pas prohibé dans les aéroports du monde. Dans les salons, oui.

J'interromps ma lecture, me lève et me dirige vers la porte que je ferme. Je ne veux pas être surprise en pleine fouille dans ton boudoir. Je viens de découvrir un journal. Des années d'écriture entassées dans les vieux cahiers d'une époque révolue. Sur leurs couvertures rigides et toilées, tu as marqué au feutre l'année. 1938. 1945. Jusqu'en 2006. En exergue de ton dernier cahier une phrase : *Le bonheur n'est pas une attente. Il s'accroche aux gencives. Il a le goût de l'effort et de la persévérance.* Je n'ai persévéré qu'à t'aimer. Je n'y avais vu aucun effort.

Je ne me souviens pas d'avoir décidé un seul de mes bonheurs. Mon mari – pas encore « ex » mais en voie d'être accolé au préfixe – attend de moi que je crève. Mon entourage, que je vive. La vie, que je me batte. Tiraillée entre un divorce et son après, je ne sais plus ce que je dois attendre de moi. L'impression de changer de prison. De troquer mon impasse contre une liberté dont je ne suis plus certaine de vouloir. La peur de vivre sans mes camisoles. J'ai rarement compté le temps que je perds. Une heure ou vingt ans, l'éternité est relative. Je m'étais mariée, c'est tout. Lorsque j'ai quitté Fayçal, l'avocat m'a promis le bonheur. J'ai enclenché la procédure. L'avocat s'est enrichi tandis que je l'attends. Le bonheur. Comme on rêve devant une carte postale, avec l'appréhension de ne savoir en disposer. De ton vivant, je savais au moins que j'étais attendue par toi.

Lorsque, enfant, je m'enquérais de ton âge, tu me répondais : « Pince-moi, je crois que je vis. » Tu voyais dans nos poumons un sanctuaire à la vanité des choses et citais Virginia Woolf : « La vie est un rêve. C'est le réveil qui nous tue. » Le seul fait d'exister te réjouissait. À chacun de mes anniversaires, tu notais sur un petit carton tes vœux, accompagnés de cette phrase : « On ne naît pas. On devient. » J'avais pour obsession de te ressembler et répétais tes phrases à ma manière. À l'école, j'affirmais n'être pas encore née. Attirer l'attention me grisait. J'en rajoutais à grands coups de : « Je vous assure, ma mère non plus n'en est pas sûre. Elle dit que je suis venue au monde avec indifférence. Qu'à ma sortie, j'ai refusé de pousser le cri. » Pourtant je respirais. Tout semblait normal. L'électrocardiogramme n'indiquait aucune irrégularité. Ils se sont mis à plusieurs pour m'extorquer un cri. Le gynécologue affairé avec le placenta n'a rien trouvé de mieux que de me pincer. Plus tard le curé aussi me pinça. C'était le jour de mon baptême. J'affichais un sourire dodu. La tête tournée vers la porte de l'église, ma marraine répétait après le curé : « Je renie le diable. Je renie le diable. » Mon sourire ne plaisait pas au curé de cette paroisse au sein de laquelle je n'ai pas choisi de naître. Il lui fallait un signe révélateur de la purification du malin. Pleurer est un passage. Il me pinça plus fort. La douleur fut intense. Mes cris remplirent l'espace. Père Antoine et l'assistance se rassérénèrent en entendant mes hurlements. « Vous avez vu, Père, comme elle a fait fuir le diable la queue entres les jambes », gloussa une vieille tante. Père Antoine gonfla le torse, tout fier. Ma sainteté était prouvée.

Sœur Jeanne-de-la-Foi, responsable du collège, n'appréciait pas mes affabulations. Elle me renvoyait à la maison avec des avertissements. Y était marqué : « Enfant téméraire. Trop d'anarchie dans le sang. » Ma mère venait te voir, brandissant les avertissements comme les cartons rouges d'un arbitre de football. Elle t'imputait toute la responsabilité de mon tempérament. Je ne m'identifiais qu'à toi. Je voulais être à ta hauteur. Enfant, il ne me traversait pas l'esprit que ton amour pût contenir une once de solitude.

Toi qui avais été veuve à trente-et-un ans, tu ne tolérais aucun réflexe de pitié pour les femmes seules. Il paraissait impensable dans le Beyrouth des années cinquante qu'une femme, demi-portion au regard de la loi et vagin-entier à celui des hommes, puisse se contenter de son célibat. Dès les premiers jours qui suivirent le décès de ton mari, tu voulus apprendre la solitude. Tu t'entouras de livres, de toiles de peinture, de chevalets et de tout l'attirail d'une artiste. Tu passais de la peinture à la sculpture avec la gravité de qui sait avoir une responsabilité envers la beauté. Tu compensais ta perte en sculptant, en peignant, en lisant. Tu occupais le reste de ton temps à aimer. Tes enfants. Ton jardin. Toute personne qui t'approchait de près ou de loin. Passionnément.

Les matins avaient l'odeur des galettes au thym. Nous nous installions sur la terrasse de ta chambre pour le petit-déjeuner.

Tu croquais dans les galettes en roulant des yeux. Tu cultivais l'émerveillement et récitais les noms de chaque plante. Leurs vertus. Leurs miracles invisibles. Lorsque mes parents partaient en voyage, quelque peu réticents à l'idée de m'abandonner à tes soins, je me retenais de manifester ma joie. Je pleurais à chaudes larmes. Aussitôt que l'avion décollait, je souriais, mettais ma main dans la tienne alors que nous nous dirigions vers ta Renault 12, dans laquelle ton chauffeur attendait. Je n'ai jamais fait semblant avec le bonheur. Je suis entrée dans la vie comme on entre en poésie. C'est ainsi que tu vivais, en état de grâce. En état de conscience. Comme on écrit. À demi-mort mais debout. Droit devant soi.

Devant la glace, tu ajustais un chignon d'où aucun cheveu ne dépassait. Je regarde ce miroir. J'y vois le geste, sans le chignon. Tu n'as plus de visage. Plus de corps. Plus aucune preuve palpable d'avoir été. La perte physique rend l'amour plus difficile encore. Je me suis levée. Il me faut une preuve immédiate de ton souvenir, quelque chose qui peut lutter contre l'oubli. Je me laisse porter vers ton armoire et trouve, soigneusement rangée, ta collection d'*abayas*. Ces longs manteaux d'intérieur brodés dont tu ne te séparais jamais. Tu en avais de toutes les couleurs, de tous les motifs, et tu en changeais régulièrement comme on participe à la diversité du monde. Tu refusais de t'habiller autrement, défiant une bourgeoisie beyrouthine en mal de mode occidentale. Il était de bon ton d'imiter, d'intégrer, d'épouser, de se fondre aveuglément dans ce complexe développé par les petits face aux grands. Minuscule Liban plus petit qu'un seul département français, enclavé dans un massif montagneux, avec très peu de plaines et un littoral suffisamment long pour migrer et revenir avec des habitudes à copier. Liban des premiers commerces phéniciens. Terre de passage vouée à toutes les invasions et leurs influences. Tu t'obstinais à te raccrocher à ton Liban des *abayas*. Ton Orient à toi. Tu en fis de tels objets d'art que tu ne recevais personne sans en être vêtue. Tu opposais déjà sans le savoir, peut-être en le sachant, une résistance d'avant-garde à la mondialisation du geste, du visage, de la chaussure. Dans tous les aéroports du monde, le café a désormais le goût d'un identique désespoir.

## 4

Mon père entre en trombe et me trouve enveloppée d'une *abaya* orange brodée de noir. Il croit voir une ressuscitée. Il change d'expression. Peur, émotion, colère. Dans l'ordre. « Mais enfin. Où étais-tu ? On te cherche partout. Et puis arrête de toucher aux affaires de ta grand-mère. » Il est ressorti en hâte pour ne pas m'entendre répliquer. Mon père se fait obéir en toutes circonstances. Je sors de mon antre et croise la dame au vison, rassasiée. Je le sais à sa silhouette de pieuvre grasse dans le corridor. Elle doit partir précipitamment et réclame son manteau. Je lui demande :

« Pourquoi meurent-ils plus bruyamment qu'ils ne sont nés ?

– Qui ça ?

– Eux. Vous. Moi.

– Je ne sais pas. En revanche je voudrais récupérer mon vison. Demain je reviendrai pour la suite des condoléances. »

Elle a dit « condoléances » comme elle aurait dit « festivités ». Ça saute aux yeux qu'elle reviendra, à moins que son vison ne la tue en chemin, qu'on ne la retrouve déshydratée dedans ou morte de ridicule. Je lui remets sa peau et la raccompagne jusqu'à la porte d'entrée. J'aurais voulu ne plus laisser entrer personne. C'est aux bâillements des portes que l'on reconnaît le domicile des morts. La tienne doit rester ouverte durant trois jours selon la tradition. Il est d'usage que toute personne ayant connu le mort vienne consoler les éplorés. Brahim est venu en smoking. Il s'est assis et a pleuré. Personne ne comprend ce qu'est venu faire cet inconnu dans ton salon. Je lui ai demandé quel lien il avait avec la défunte. « Aucun », a-t-il répondu. Il se racle la gorge entre deux sanglots. « Comment ça aucun ? » Je lui tends un mouchoir. Son nez dégouline et ses yeux sont bouffis. « Aucun. Ma femme m'a quitté il y a dix ans. Mes proches trouvent ridicule que je la pleure encore. Ma douleur est disproportionnée, disent-ils. Je trouve disproportionné de vivre. Depuis qu'elle est partie, je vis dans un cratère. On m'a dit qu'il y avait un mort dans le quartier. Je suis entré. Ici je peux pleurer tout mon soûl sans avoir à me justifier. J'espère que vous ne m'en voulez pas. Je pleure pour nous deux, même si je n'ai pas connu la défunte. » Il m'a fait penser à cette phrase de Yourcenar : « Plus vide qu'une veuve, plus seule qu'une femme quittée. » Je ne sais en l'écoutant si je suis plus veuve que quittée, ou l'inverse. J'avais épousé ton âme, un soir, sur une pierre. Je devais avoir cinq ou six ans lorsque je m'étais assise dessus dans ton jardin. Tu cueillais des fleurs. Je t'avais demandé le sexe de ton âme. Tu avais souri. Tu pensais que j'étais trop jeune pour comprendre. À ton silence je conclus que les âmes n'en avaient pas et me décrétai libre de toute alliance. Je célébrai notre union sur la pierre tandis que tu t'enfonçais dans ta cueillette. Je te jurai fidélité dans ma plus stricte intimité. Je scellai l'alliance, la seule jamais trahie. Aujourd'hui, je ne sais à quel moment la pierre s'est pulvérisée dans les années. Je m'étais mariée comme on vend tout. L'âme et le corps. Je pensais pouvoir être insensible à l'érosion. Tu es partie sans préavis. Je me sens quittée. Trahie. Tout ce temps j'avais grandi avec deux convictions. Celle d'être intouchable et celle que les grands-mères, comme les fées, sont immortelles. Je me lève, pour éviter de sombrer, et tombe nez à nez avec Juliette, une grande femme dont le poids initial est inférieur à celui de la silicone rajoutée.

La soixantaine passée et les lèvres presque aussi gonflées que les seins, Juliette s'est installée dans ton salon avec l'air de connaître les lieux, même si les lieux ne la connaissent pas. Elle s'est assise sur une chaise entre deux autres vides. Mon père a pensé qu'elle était venue pour ma mère qui pensait qu'elle était venue pour une tante, qui pour une cousine, qui pour moi, qui pour mon oncle, etc. Personne n'a eu l'idée de s'asseoir à côté d'elle, comme le veulent les usages. Que personne ne l'accoste ne l'a pas poussée à partir. Elle est restée à sa place, satisfaite de voir les gens défiler. Au bout d'une heure, elle s'est levée avec ostentation, s'est dirigée vers mon père, a salué, l'air éploré devant ta « regrettâble » perte, et a quitté les lieux. Elle n'a daigné s'approcher d'aucune femme. Aucune de nous mère, tantes, cousines, toutes habillées de noir – n'a obtenu sa considération.

Nous nous sommes pourtant levées mais elle nous a ignorées avec panache. Juliette aurait pu être croquemort, elle était l'héritière oisive d'un père non moins rentier. Elle avait eu trois maris dont elle s'était débarrassée en cours de consommation et espérait en trouver un quatrième. Les visites de condoléances étaient pour elle le prétexte idéal pour faire des rencontres. Rien ni personne n'aurait pu se mettre en travers de son unique préoccupation. Son horloge biologique non plus ne la décourageait pas. Tous les matins, elle ouvrait le journal et lisait les nécrologies. Lorsque les familles citées lui semblaient d'assez bonne ascendance, ou fortune, elle jetait son dévolu sur le mort et se préparait soigneusement avant de se rendre à son enterrement. C'est ainsi qu'elle se bâtit peu à peu une solide réputation de « croque-vivants ». Les femmes avaient peur pour leur mari. Les hommes étaient fiers de susciter un intérêt atrophié par des années de mariage. Ses visites imprévues devinrent un tel divertissement que certains proches de défunts allèrent jusqu'à lui proposer un tarif pour chaque apparition. Comme elle était trop dépensière pour que le capital laissé par son père durât, elle trouva là un moyen honnête de s'assurer des rentes supplémentaires. Elle en fit son métier. Elle était venue à ton enterrement de son propre chef. Sans autre but que celui de visiter ta maison aux plafonds hauts de six mètres. Mon père a passé trois jours à se dédouaner auprès des visiteurs de toute implication financière dans cette apparition. L'idée même qu'on puisse l'incriminer de payer un tel divertissement l'a empêché de dormir. Quant à moi, j'ai très vite abandonné mon réflexe hargneux à l'égard de sa silicone. Juliette m'a paru tout à coup sympathique.

Après son départ, le vide prit une forme inattendue. Sa chaise ne ressemblait plus à une chaise, mais à Juliette assise, longtemps après qu'elle fut partie. Enfant, tu me disais de ne pas sous-estimer le vide. Je comprenais tes objets. Je ne comprenais pas toujours ton attachement à chacun. Humains, meubles ou chiens. Tout méritait ton respect. Peut-être est-ce pour cela que tu refusas de quitter ton pays. Ton rejet des fermetures irrémédiables. Je ne comprenais pas que tu t'accroches tant à ton lopin de terre. Ton Liban de la Bible aussi convoité qu'adulé. Tour à tour conquis, perdu, aimé, honni, reconnu, renié, manipulé par ceux-là qui, l'aimant trop ou mal, l'envahissent, le dilapident, le possèdent, l'écrasent, tel un amant plus occupé à sa fougue qu'à sauver de la perte l'objet de sa passion. J'avais beau mettre toute ma verve à te dégoûter de cette impasse, tu me regardais sans broncher. « On ne peut naître et avoir pour mission le néant. »

Tu avais tout répertorié. Meubles, tapis, objets chinés au fil de ta vie. Tes voyages. Ta mémoire. Tu en laissais des traces partout. Les objets sont chargés d'histoires. Comme nous. Les perdre te désolait. Tu invoquais saint Antoine de Padoue en le sermonnant pour qu'il rende ce qu'il t'avait pris, chaque fois qu'il manquait un livre à ta bibliothèque ou que tu perdais quelque chose. Chaque fin de journée au moment du décompte des morts, tu lui demandais de rendre à Beyrouth sa paix. « Padoue, je ne vois vraiment pas ce que tu peux faire de notre paix là où tu es. Rends-la. » Tu t'adressais à lui avec une familiarité déconcertante. Avec la foi du « vouloir, c'est pouvoir ». Le Ciel tolère ça. La familiarité. Tu avais été jusqu'à installer une échelle entre le Ciel et toi. Tu l'empruntais souvent. Dans un va-et-vient variable en fonction des nuits. Si les affrontements avaient été rudes ou pas. Tu y accédais avec toutes sortes de requêtes. Demandant à Dieu de protéger un tel. D'aider un autre dans ses affaires. D'abréger les souffrances d'un troisième. D'un pays. Rien à faire. Je t'avais proposé de Lui prendre rendez-vous au *Eye and Ear Hospital Center,* un centre médical spécialisé pour les problèmes auditifs et oculaires, te disais-je. Il y avait urgence. Au fur et à mesure que Dieu vieillissait, sa vue et son ouïe baissaient. Le Liban en pleine guerre civile. Partout des malentendants et des aveugles. Tu me répondais de n'en rien faire. « Il n'est pas sourd. Il fait semblant. » Tu aimais bien ton échelle. Ça te réconfortait de savoir que tu avais accès direct à Lui.

Lorsque je crus trouver une solution à Dieu, je t'en proposai un qui soit athée. Tu m'avais regardée en souriant. Dieu était pour toi amour, tâches quotidiennes, recettes de cuisine. Tout sauf religion. « Ce sont nos actes qui rendent Dieu visible. » Chrétienne de naissance, du quatrième rite après l'immeuble en partant de la gauche après le magnolia, tu étais avant tout mystique. Tu t'essoufflais à énumérer les rites. Les religions pour toi n'étaient qu'habits. Qu'endossaient l'Histoire, la guerre, la politique. Tu n'adhérais à aucune et les embrassais toutes, comme on dissèque l'éternité. Le Ciel te suffisait. L'étoile en laquelle tu croyais. La tienne. Celle de ton pays. Son invisibilité n'était pour toi qu'une question d'opacité. Il te suffisait de l'imaginer pour qu'Il soit. Tu avais lu Bible, Nouveau testament, Coran, livre de Bouddha, Torah, Fleurs et Plantes. Tu érigeais tout au rang de prière et n'acceptais aucun médiateur entre le Ciel et toi. Les intermédiaires te désolaient. Tu leur refusais l'accès à ta sérénité. Il y en eut un. Père Pont. Il avait réussi à se frayer un chemin jusqu'à toi. Tu aimais ses visites car tu estimais beaucoup ce franciscain aussi engagé que chauve. Il se consacrait aux démunis condamnés par la guerre, et logeait dans l'école franciscaine limitrophe de ta ligne de démarcation. Il se rendait partout. Aucun danger ne le freinait. Père Pont avait un seul problème. Il avait décidé de te convertir à la pratique d'une vie chrétienne. Tu trouvais suffisant de pratiquer la vie tout court. Vous aviez de longues discussions. Au tout début, il essayait timidement, entre deux conversations. Jusqu'au jour où il attaqua le problème tout de go. La communion. Il n'en dormait pas la nuit de savoir que tu ne communiais pas. « Vous vous rendez compte, madame, t'avait-il dit. Vous pourriez mourir demain tuée par un obus et portant sur vos épaules le poids d'un péché mortel. Votre refus de communier est une offense faite à Dieu. » Tu l'avais regardé avec l'air apaisé de ceux qui sont prêts à mourir. « Si le péché est une offense plus grave que l'obus, alors j'aurai raison de m'abstenir. » Comme il insista, tu terminas ainsi : « Écoutez, Père Pont, nous sommes assez de cannibales sur cette terre. Il ne manquerait plus que je devienne anthropophage. » Ta phrase, comme une massue, le laissa sans voix.

## 5

Issue d'une famille d'émigrés arméniens ayant fui Constantinople dès le début du génocide perpétré par l'Empire ottoman, tu avais épousé un Libanais. Un commerçant en tapis, en tissus et en meubles. Commerçant dans le sang, il était aussi marchand d'art. Tu l'appelais ton « Phénicien aux yeux sombres ». D'un noir intense. Tu l'avais aimé autant qu'on peut aimer. La mort flirtait avec toi depuis l'enfance. Ta mère morte en couche. Ton mari terrassé en 1945 par une crise cardiaque. Loin de faire de toi une orpheline, la mort fit de toi une assoiffée. Tu étais comblée par ce que tu donnais aux autres. Tu citais Breton : « Ce qui se cache ne vaut ni plus ni moins que ce qu'on trouve. »

En héritage de tes ancêtres, tu avais reçu des histoires de massacres, que te racontait ta grand-mère. Tu ne lui connus presque pas de rires. Elle te racontait sa vie d'avant avec autant de dignité qu'elle mettait de douleur à dire l'innommable. Des récits qu'elle te fit, tu garderas la volonté de ne jamais démissionner, avec la ténacité de ceux qui frôlent la mort de près.

Aucun des massacres hamidiens perpétrés contre la communauté arménienne sous le mandat du sultan Abdoul Hamid II n'aurait pu décider ta grand-mère à quitter les rives du Bosphore. Lorsque la Constitution de l'Empire ottoman, abolie par le sultan, fut rétablie en 1908 lors de l'arrivée au pouvoir du parti des Jeunes-Turcs, elle écrivit à son mari, en poste à Konya, une lettre pleine d'espoir pour une Arménie autonome.

*Mon chéri,*

*Les partis indépendantistes arméniens voient leurs efforts récompensés. Nous avons bien fait d'œuvrer pour la révolution. Toi qui observes avec circonspection la témérité de notre rébellion, crois-tu possible que la nouvelle Constitution soit l'aboutissement tant espéré de nos rêves ? Toi qui parles de moyens en pensant que nous en manquons. Qui n'as pas arrêté de préconiser la prudence à mon cousin engagé au sein du parti Dachnak, conseillant à tout partisan d'une cause d'assurer ses arrières avant de divulguer ses intentions indépendantistes. Toi pour qui la véhémence est une impulsivité qui sert bien moins qu'elle ne livre en pâture. Je sais ta crainte pour les* vilayets *d'Anatolie et de Cilicie à majorité arménienne, sans armes ni combattants, livrés à la merci des tribus kurdes, tcherkesses et autres, elles armées par le sultan. Serait-il possible qu'une victoire se profile avec l'avènement de ce gouvernement ? Je sais ce que tu penses des rêves fous qui ne doivent être prononcés que du bout des lèvres afin qu'ils puissent glisser imperceptiblement de l'utopie où ils sont nés vers le monde. Tu voudrais que nous ayons l'intelligence de revendiquer nos droits en temps opportun. « Trop tôt c'est l'abattoir, trop tard c'est le néant. » Ne serait-il pas merveilleux que l'Histoire te contredise ? Viens vite à Constantinople. Tes enfants et moi nous languissons de ta présence parmi nous.*

*Ta femme qui t'aime.*

« La lecture de l'horreur ne tolère pas d'œillères. » C'est par cette phrase que ton grand-père répondit à la lettre de sa femme. Il voyait dans la chronologie des événements les prémices de ce qui allait être le premier génocide du XX$^{e}$ siècle. Il ne s'était pas trompé. Le gouvernement des Jeunes-Turcs épousa très vite la haine que cultivait l'ancien régime à l'encontre des minorités arméniennes, au point d'en oublier les promesses faites aux partis qui les avaient soutenus. La Constitution fut mise au service d'un plan d'extermination par déportations, tortures et massacres. Ta grand-mère avait longtemps refusé l'idée de cette réalité. De l'urgence du départ dans le dénuement, comme on vient au monde. Son mari avait eu beau sonner l'alerte dès les premiers massacres de 1894, elle lui opposait un silence de résistance et une vie ponctuée de promenades le long du Bosphore jusqu'au cimetière musulman, proche de leur résidence. Ses enfants pouvaient y jouer. Elle emportait un livre et laissait le silence des tombes apaiser le chaos des jours.

Elle habitait, sur les rives du Bosphore, dans un *yali* hérité de son père. Commerçant en soie, il était tout de suite tombé amoureux de ce *yali* vieux de deux siècles. Située sur le front de mer à l'écart de la vieille ville, la demeure ne ressemblait à aucune autre des villas en bois disséminées le long des rives qui servaient de résidences estivales aux hauts dignitaires, grands vizirs et pachas de l'Empire. Celle où résida ta grand-mère avait été construite par ajouts successifs des acheteurs qui en prirent possession, ce qui lui conférait tout son charme. L'aile sud, datant de la fin du XVIIIe siècle, était soutenue par des piliers de bois. Au nord, la demeure semblait défier les flots de ses avant-corps qui faisaient saillie au-dessus de la mer. Ta grand-mère comparait les protubérances harmonieuses de son *yali* à la sérénité d'une femme enceinte déformée au fur et à mesure des avancées de la vie, sans que sa beauté s'altère. Elle était attachée à ce *yali* pour lequel son père s'était endetté. Il l'avait payé trois fois sa valeur. « Les coups de cœur n'ont pas de prix », lui disait-il, expliquant ainsi sa folie. Lorsqu'elle se maria, elle s'y installa avec son mari. Quitter le *yali* de son père, son enfance, son présent, lui coûtait beaucoup.

Dès les massacres de Cilicie en 1909, son mari ne tergiversa plus et organisa le départ des siens, avec une équipe de passeurs kurdes grassement rémunérés pour qu'aucun d'eux ne soit tenté par une quelconque trahison. Il mit sa femme devant le fait accompli et l'informa de leur départ quarante-huit heures seulement avant la date prévue. Il était trop proche du pouvoir pour ne pas craindre le pire. Livrer sa famille à des passeurs kurdes eût pu paraître inconscient, mais ton grand-père était assuré de la fidélité de Bakhtiar, le chef de la bande. Tout le monde avait été payé, sauf lui. Aimé et adopté par ton grand-père depuis son jeune âge, Bakhtiar aurait très mal pris le fait d'être payé. Il aurait donné sa vie pour son bienfaiteur. Orphelin, il était convaincu qu'être abandonné avait été sa plus grande providence et qu'il avait été bien plus aimé ainsi qu'il ne l'aurait été de ses géniteurs. Ton grand-père avait tout donné à cet enfant trouvé un après-midi d'été alors qu'il rentrait chez lui. Il avait ramassé le berceau de paille tressé sans réfléchir. Sa femme en avait pris livraison sans poser de questions. La suite fut si naturelle que Bakhtiar ne se sentit jamais étranger.

Ton grand-père fit passer le message d'un départ imminent par le biais du téléphone arabe. Deux jours suffirent pour faire affluer des volontaires. Il leur offrait de partir dans des conditions largement favorables au transport de leurs biens. Ton grand-père se retrouva très vite à la tête d'un convoi de cent personnes parmi lesquelles sa femme et ses enfants. Il se porta garant de leurs déplacements et resta à Constantinople pour s'assurer du bon déroulement des opérations. Très influent de par sa fonction de gouverneur de la banque ottomane, et protégé par ses origines turques, il pouvait téléguider les opérations sur place. Proche de Talaat et d'Enver Pacha, principaux instigateurs du génocide, il continua le jeu de la diplomatie jusqu'en octobre 1915, afin de ne couper aucun pont. « Il faut épeler l'horreur pour apprendre à ne plus prononcer ce mot », écrivait-il à sa femme. Il s'efforçait de rester en coulisses, espérant changer quelque chose à l'Histoire. Son dégoût de lui-même fut sa croix. Tous les soirs dans son lit, seul dans cette grande demeure désertée, il vomissait tous les salamalecs qu'il déployait auprès de ceux-là même qui ordonnaient les massacres. Il lui fallait savoir pour agir. Il mit tous les avantages de sa fonction, et les relations dont il disposait, au service d'une résistance dont il fut le cerveau et Bakhtiar, l'homme de main. Il monta, dès 1909, une équipe de maquisards de confiance capables d'assurer la sécurité de convois qu'il faisait passer pour des convois turcs. Il ne rejoignit sa femme qu'après avoir organisé le départ de plus de cent convois, par voies maritime et terrestre. Une nuit d'octobre de l'année 1915, Bakhtiar lui annonça l'arrestation de six complices. « Je n'ai rien pu faire pour les sauver. Aucun d'eux n'a parlé. Ils sont morts d'hémorragie après avoir été dépecés, ongle après ongle, poil après poil. Leurs oreilles et leurs langues gisaient aux pieds de leurs cadavres. Je suis arrivé longtemps après leur massacre. C'est à Hadjin, petite province enclavée dans la montagne, qu'ils ont été entassés, dans la cave d'une maison. Lévon, notre messager, a assisté à la scène par un interstice entre deux lattes de bois mal alignées. Caché dans une penderie, il n'a rien pu faire pour intervenir. L'effort que ça lui a demandé de n'émettre aucun son, de ne pas même respirer, lui a retiré la voix. Il ne parle plus. M'a tout raconté par gestes. Il a intériorisé la scène. Il vit en huis clos avec la vision de nos confrères dépecés. Il a refusé de me suivre. Il dit qu'il veut errer dans la montagne et vomir. Il court d'un arbre à l'autre, se penche, mais rien ne sort. »

Ton grand-père et son homme de main quittèrent Constantinople la nuit même et empruntèrent les routes cahoteuses de Turquie et de Syrie jusqu'à Alep, puis Beyrouth. Terre de tous les espoirs. De tous les possibles. Lorsqu'ils arrivèrent, Bakhtiar et son maître trouvèrent ta grand-mère au bout d'une allée de roses, souriante de les retrouver.

Dans son exode anticipé, ta grand-mère avait échappé aux visions de déportés victimes de la famine, de l'avilissement, des maladies et des exactions. Le spectacle apocalyptique que ton grand-père vit sur son chemin vers Beyrouth ne le quitta jamais. Un parcours jonché de cadavres auxquels il ne restait que des morceaux de corps hachés, de têtes tranchées, des enfants dépecés, des nudités mutilées, des restes de femmes jetés dans l'Euphrate. Il raconta à ta grand-mère l'histoire de cette femme cadavérique rencontrée sur le bord de la route. Elle avait vu son enfant de dix ans mis aux fers puis torturé avant d'être pendu. Lorsqu'elle égorgea sa fille elle-même afin de lui éviter un sort semblable, elle fut condamnée pour infanticide. L'exécution de la sentence fut confiée à un bourreau qui la gracia à la tombée de la nuit après l'avoir violée. Lorsque ton grand-père la trouva étalée sur le bord du chemin, il voulut lui venir en aide. Il se pencha sur ses côtes saillantes et lui tendit une gourde remplie d'eau. Elle détourna la tête et poussa un cri assourdissant : « Laissez-moi mourir ! »

## 6

Ce fut pour ce cri que tu jetas ton dévolu sur la vie. Accrochée au bonheur comme une désespérée. Sortir était ta devise. De tout. Du pire qui est en nous. Tu endossas ta guerre comme on fait l'amour. Au corps à corps avec le risque et la résurrection. L'idée d'exister pour rien t'insupportait.

Dès le début de la guerre, tu refusas de fuir ton quartier devenu quasi impraticable. Beyrouth coupée en deux, séparée par une ligne de démarcation. Construite dans le plus pur style Art déco, ta maison était située en plein cœur de cette zone appelée tour à tour ligne verte, démarcation, frontière, Passage du musée. Même un chat ne pouvait s'y hasarder sans être tué. Beyrouth Est. Beyrouth Ouest. Ta maison, juste au milieu. Dans une zone fantôme désertée par les habitants. Investie par des combattants oublieux de leur cause à force de tuer ou de crainte d'être tués. Pullulant de miliciens de tous bords. Gauche. Droite. La dyslexie était partout. Lorsque j'étais enfant, tu mettais à mon poignet un petit ruban bleu afin que je reconnaisse ma droite de ma gauche. Ça m'a pris longtemps avant que je m'y fasse. La guerre avait tout compliqué. Je ne savais pas que la haine avait droite, gauche et centre. Et puis les indépendants dans ta rue, pilleurs professionnels, s'étaient greffés à l'équation. Règlements de compte à titre personnel. De groupes. De partis. De rites. Tout ce monde refluait dans l'entre-deux d'un Beyrouth entaillé comme un sexe de femme engorgé de foutre aux ADN multiples.

Lorsque tu l'avais fait bâtir, tu ne pensais pas que ta maison se retrouverait sur une ligne de démarcation. Plus tard tu te raccrochas à la pierre. « La maison qui t'a vu grandir ne t'oublie jamais. » Les proverbes étaient pour toi des entonnoirs. Tu les citais comme on s'adosse au monde. Tu avais une dette envers ta maison. Sa mémoire. Parce que l'abandonner, c'était mourir deux fois. Tant qu'à faire, tu voulais choisir ta mort. Chez toi. Entre tes murs. Cette maison était tienne autant qu'elle était toi. Tu l'avais mise au monde, pierre après pierre. Si elle avait été construite par ton mari, tu avais contribué aux détails. Ce n'était pas qu'une maison avec des fondations. C'était un jardin où chaque arbre avait une histoire. Ton mari avait un budget. Il ne trouvait pas raisonnable de faire les deux de concert. Maison et jardin. Tu proposas les arbres avant le reste. Il ne comprenait pas ta passion pour le vert et te proposa la pierre d'abord. Comme il t'aimait assez pour faire un effort de budget, et « pas assez, riais-tu, pour camper sous un arbre », il fit les deux par amour, s'endetta, et t'offrit la maison de tes rêves. Avec du vert et des couleurs à profusion. Des grimpants. Bougainvilliers. Jasmins.

Hortensias. Gardénias. Ton jardin embaumait plusieurs rues avoisinantes. Tu aurais pu vivre sans la pierre. Jamais sans le vert. « Un arbre vous prolonge, disais-tu. Vous étend à l'infini. » C'est ce que tu voulais pour toi. Pour les autres. Pour toute personne qui traverserait la grille de ton jardin.

Tu ne pouvais accepter de céder au chaos cette part de toi. Partir eût été vouer ta maison au pillage. Ton jardin à la désolation. Tu poussais un soupir de soulagement chaque fois que tu rentrais chez toi, t'exprimant dans cette langue arabe que tu maîtrisais mal mais qui te fascinait. « Maison, ô ma maison, toi qui caches mes défauts. » Je ne savais pas que tu avais peur pour tes défauts. Je pensais que tu étais restée pour tes meubles. Tes objets. Afin qu'ils ne soient pas pillés. Ton jardin saccagé. J'aurais bien aimé moi qu'on me vole mes défauts. Je les aurais cédés sur-le-champ sans la maison. Tu avais ri. Tu m'apprenais à ne rien renier. Tu serais aussi bien restée pour un crayon mine mal taillé que pour un palais entier. Tu aimais les objets pour eux-mêmes. Tu adorais te rendre dans les marchés aux puces. Tu appelais cela le marché aux âmes. Tu savais qu'en achetant un objet tu ramènerais chez toi son âme. Tu aimais bien l'idée d'offrir le gîte à des âmes errantes. Tu le fis aussi durant la guerre. Offrant des cafés aux combattants qui forçaient ta porte. D'autres se contentaient de visites. Le plus dur, c'était lorsqu'ils venaient sans prévenir.

# 7

Toute une horde de chacals lorgnait ton lopin de terre. Ils avaient mis une croix à son emplacement. Dans tous les états-majors militaires la même consigne. Ne pas envahir. Le jardin avait la particularité de les unir dans leurs antagonismes. Aucun parti ne voulait te déloger de chez toi. C'était risqué et inutile. Le terrain était offert à tous les regards. Il n'y avait aucun intérêt à l'envahir. D'un point de vue stratégique, ça n'aurait permis aucune avancée sinon un embourbement militaire. Trop d'arbres et de broussailles. Quatre mille mètres carrés exposés à tous les francs-tireurs. Ce qui ne les empêchait pas de vouloir y faire la loi. Surveiller le va-et-vient des visiteurs. Tu vivais constamment sous la menace d'être réveillée dans ton sommeil un couteau sur la carotide. Il y en eut un. Avec un couteau. Une balafre lui traversait la joue. Un jeune un peu nerveux. Plus apeuré qu'agressif. Il était seul. Il t'empoigna le bras. Il sentit ton pouls battre normalement. Il eut peur de ton sang, du flegme qui s'y trouvait. « Vous n'avez pas peur ? » te demanda-t-il fébrilement. Tu le fixais. Tu cherchais une faille.

La sienne. « A-t-on peur d'un fils ? Tu as l'âge du mien. » Tu faisais l'effort de ne rien laisser paraître de ton étonnement à tes propres réponses. Tu n'avais qu'un leitmotiv. Je l'ai trouvé plus tard sur un bout de papier, écrit et récrit à répétition. « Il faut avoir peur d'avoir peur. Il faut... la peur... d'avoir peur. »

Tu sentis sa main se relâcher. Ce fut imperceptible. Son couteau se fit moins menaçant. Tu lui avais demandé ce qu'il cherchait au juste. La mort. Il voulait être tué sans avoir l'air de se suicider. Il avait vu sa mère et sa sœur être égorgées devant lui. On l'avait obligé à regarder. Il avait supplié ses tortionnaires de le tuer. Ils l'avaient libéré après lui avoir fait don de cette balafre. Tu lui proposas un café. Sa mère avait été vidée de son sang. Il retira sa main. Rangea son couteau. S'assit. Il avait pris les armes dans l'espoir d'être tué par plus fort que lui. Il voulait avoir le sort des siens sans pour autant mourir pour rien. Tuer jusqu'à être tué. « Cinquante-huit », t'avait-il dit. Son score était de cinquante-huit morts. Tous égorgés pas lui. Il aurait aimé mourir au centième. Il était désespéré de tomber sur des pleutres. Pourtant, il choisissait ses victimes. Des vigoureux. Des grands. Des musclés. Des surarmés. Il était désespéré d'être toujours vivant. Tu appris plus tard qu'un obus l'avait tué et tu ne sus jamais quel avait été son total. Avant de partir il s'était tourné vers toi. « Je vous laisse en vie, dit-il, parce qu'en vous tuant, je ne risque rien. » Lorsque tu refermas la porte, tes jambes te lâchèrent.

Tu ne t'arrêtais pas aux apparences. Il t'importait peu qu'un homme porte pistolet, canif, mitraillette ou rose. « C'est dans les yeux que tout se passe. » Tu n'appelais jamais un combattant par son nom. Tu lui disais : « Mon fils ». Tu fis en sorte que ta maison devienne un territoire ami de tous. Ils se relayaient. Tu tremblais quand l'un d'eux s'annonçait alors que le matin tu avais eu une entrevue avec d'autres d'un parti adverse. Tu faisais tout pour qu'ils ne se croisent jamais. Un par la grande entrée. L'autre par derrière. Au fur et à mesure de ce va-et-vient, tu gagnas leur confiance. Tu devins un pilier. Jardin. Maison. Havre. Femme. Une âme avant tout.

Ils ne relâchaient pas leur vigilance pour autant, et vérifiaient constamment qu'aucun espion ne se faufile. Dès 1985, tu fus condamnée à une solitude radicale. Les lignes de démarcation devinrent impraticables. Tu mis un terme aux visites qui aiguisaient la curiosité de tes détracteurs. Pour être efficace, ta résistance devait rester discrète. Eux trouvaient louche que tu t'obstines. Un jour tu t'emportas après ton fils, au téléphone. Ce fut ton dernier coup de fil avant d'être complètement isolée. Ils avaient coupé ta ligne. Tu demandas à ton fils de ne plus te rendre visite. Tu parlais à demi-mot au cas où ta ligne eût été sur écoute. Une seule phrase pouvait t'être fatale. Tu mettais toute ton intelligence à tranquilliser tes détracteurs et à déjouer toute agressivité. Tu leur expliquais que c'était par amour du vert que tu t'accrochais à ta terre. Que dans une autre vie tu avais été plante. Tu tombas sur un combattant ému aux larmes par tes propos. Lui se prenait pour un arbre. Il en était convaincu. Originaire du Sud, il comprenait ton attachement à la terre. Il était reparti de chez toi sans son arme. Il l'avait oubliée contre un mur. Tu la rangeas en attendant son retour et ne le revis plus.

## 8

Ton salon ne désemplit pas. Je pense à tes murs. Tes tableaux. Les marches de l'escalier en colimaçon qui mène à ton jardin. J'ai toujours été pressée de partir. De courir. De croquer ma vie à pleine bouche. Toi, tu étais dans la dégustation. « L'arbre est comme un bon vin, disais-tu. Il faut en connaître l'année. La nuance du vert. L'âge. L'odeur. La saveur. » Tu étais en admiration devant un abricotier que tu avais fait planter par ton jardinier. Tout près d'un bougainvillier. Ils s'étaient accouplés. Le grimpant avait pris ses aises sur le tronc. Si bien qu'on ne distinguait plus l'un de l'autre. Enfant, j'avais fini par appeler les abricots des bougainvilles. J'en voulais toujours en confiture. Plus tard lorsque je dévalais tes marches deux par deux, tu me disais de ralentir. De ta main tu m'indiquais ton jardin. Tu voulais que je les vois tous les deux. Je hochais la tête : « Je sais, je sais. La preuve du rêve est dans les arbres. Suis pressée. Pas le temps. Je regarderai demain. » Demain n'est pas venu. Ta mort, oui. Tu restais souvent un petit moment après mes départs à fixer ton couple d'amoureux verts, parsemés de fruits et de fleurs. Il avait fallu ta mort pour que je descende les marches une à une, en faisant une pause qui me parut l'éternité. Étais-tu là sur la marche ? Invisible et souriante ? Heureuse de savoir qu'enfin je voyais ?

Tuer ou ne pas tuer. Je pourrais faire un pogrome de corbeaux. Je n'en peux plus de me faire serrer la pince avec platitude. Je ne peux m'empêcher d'imaginer le scénario du pogrome lorsque j'aperçois Wissam. C'était un ex-milicien à la retraite. Aussitôt que je l'ai vu, j'ai pensé qu'il pourrait m'aider. Il s'était déplacé exprès pour l'enterrement. Il avait mis son costume des grandes occasions. Par excès de zèle, une cravate toute noire. Wissam n'est pas un corbeau. Engoncé dans son costume et les mains posées sur les genoux, il détonne dans le fouillis guindé de ton salon. Wissam se présente. « Vous êtes la petite fille de la défunte ? » Il m'a reconnue sans jamais m'avoir vue. Tu parlais souvent de lui. Wissam, le tueur par défaut. Tu n'en disais rien de plus. Tueur, je comprenais. Par défaut, pas vraiment. Wissam enchaîne en parlant de son fils.

« À dix-huit ans, mon fils a été kidnappé avec d'autres personnes. C'était à un barrage, une nuit d'octobre. Il revenait d'une soirée. Il n'avait aucune arme sur lui. Juste une carte d'identité. Suffisamment pour qu'un milicien brandisse sa Kalachnikov. Le sort de l'otage dépend de sa région. De son nom et de son prénom. S'il fait chrétien, druze, sunnite ou chiite. Le tout étant de tomber sur le bon barrage avec la bonne identité. Il est tombé sur le pire avec la mauvaise. Ils l'ont gardé. Ils en ont relâché d'autres, moyennant rançon. Des fils de plus riches, enfants de grandes familles beyrouthines. Nous étions modestes. Sans argent, l'otage ne sert pas. Ils l'ont tué. Aucune trace de son corps. Rien. J'ai erré longtemps à la recherche d'un indice. Jusqu'au bord de mer. C'est là, près d'une usine, qu'ils coulaient les cadavres dans du béton. À quel immeuble avait-t-il servi ? Par la suite, j'ai fait pareil. J'ai monté des barrages. Je kidnappais. Je tuais sur carte d'identité. Mais je les enterrais. Je rendais à la mort son sacré. Ne pensez pas que je le lui ai caché. Rien n'échappait à votre grand-mère. Je lui avais tout dit.

Elle a essayé de me dissuader de ma soif de revanche. De me dire que cela ne me ramènerait pas mon fils. J'étais engagé, croyant, convaincu et pratiquant. Je tuais sans distinction tout ce qui n'était pas moi. Si j'avais voulu, j'aurais vu qu'elle était sage. Je ne l'ai su que lorsque ma femme a été enceinte de mon sixième enfant, et moi de mon énième crime. Ma femme a accouché d'une fille. Je l'ai prénommée comme votre grand-mère. J'ai arrêté de tuer le jour de sa naissance. J'ai tout quitté pour l'Australie. Il faut aller loin pour se rendre compte qu'on n'oublie jamais. » Je perçois un sanglot dans sa voix. Il a les mains calleuses. Des doigts carrés. Il porte sa main droite à sa poche, retire un mouchoir et le passe sur son front. Il transpire. Puis, de son autre poche, il retire la photo d'une jeune fille de vingt ans. « C'est ma fille. » Il y a un long silence avant qu'il ne m'avoue : « Votre grand-mère m'a éduqué. À pas grand-chose, vous savez. À l'essentiel : faire la paix. Dans le béton des âmes. »

Wissam est interrompu par une déflagration à défoncer les tympans. Toute la maison tremble. On dirait que ça se passe dans ton jardin. Je regarde Wissam. Il n'a pas bronché. Ce qui est peut-être un signe grave. Je jette un coup d'œil rapide à l'assistance. Tout le monde détale sauf la dame au vison. Elle regarde, inquiète à l'idée de de mourir avant l'ouverture du testament. L'aéroport vient de fermer. Beyrouth est prise d'assaut par l'aviation israélienne. C'est le début d'un long blocus. Lorsque Wissam s'en va, il me laisse sa carte.

# 9

Les bombardements ont eu raison des visiteurs. C'est en constatant qu'il restait du café que la domestique d'origine philippine s'est rendu compte de la baisse d'affluence. Les deux premiers soirs des condoléances, elle en avait manqué. Elle était venue me trouver en fin de journée. Anita ne s'exprimait que par phrases nominales. Elle passa commande pour le lendemain : « *Coffee for visitors tomorrow please. No more black, neither white coffee.* »

De ce côté de la Méditerranée, le café a deux couleurs. Le noir, connu mondialement pour ses vertus excitantes, vole la vedette à une tisane à base d'essence de fleur d'oranger, le café blanc, dont les vertus relaxantes auraient pu faire la paix, s'il appartenait aux boissons de décider. C'est toujours un plaisir de laisser planer le mystère à la fin d'un repas, en proposant du café à quelque étranger en mal d'Orient. Noir ou blanc ? « Comment ? Vous ne connaissez pas le café blanc ? Vous allez a-do-rer. » Tout Libanais fier de son café détache les syllabes, sachant pertinemment qu'ils apprécieront. Et ils a-do-rent.

Lorsqu'elle me trouve dans le boudoir ce 13 juillet 2006, Anita semble plus catastrophée que de coutume. Je pense que c'est à cause de Beyrouth assiégée, à cause des restes de nourriture. De toute cette vie sans toi. Il y a longtemps qu'Anita n'a plus entendu de rafales d'obus. Depuis 1990 et la fin de la dernière guerre civile, aucune rafale. Arrivée au Liban en 1980, Anita avait été parachutée à Beyrouth par une agence spécialisée dans les contrats de travail pour employées de maison. Les familles prennent possession de l'expatriée. Dès son arrivée sur le territoire, le passeport de la recrue est jaugé, jugé, pesé et soupesé par tout le monde. Depuis les forces de sécurité jusqu'aux employeurs en passant par les patrons d'agence. L'expatriée ne récupère son passeport que dans le cas d'un retour au pays. Les employeurs signent une charte de garants et gardent le passeport, de crainte que l'employée ne fugue. Au regard de la loi tout accident incombe au garant. Tout, sauf le suicide. Les employeurs ne sont pas responsables du désespoir.

Anita ne parlait pas un mot d'arabe. Elle ne se plaignit pas longtemps de son déracinement. Ce n'était pas faute d'avoir trouvé le voyage long depuis son pays, mais elle avait pour devise de ne pas se retourner. Elle avait pris le parti d'aider les siens et de payer des études à ses deux sœurs. Le lendemain de son arrivée, le patron de l'agence lui annonça qu'elle allait rencontrer son employeur, qu'elles étaient deux pour le même poste, et que la meilleure gagnerait. Anita tomba nez à nez avec sa concurrente. Elle aurait voulu disparaître. Elle baissa les yeux et se rendit compte que sa chaussure était trouée. Un trou énorme, qui laissait entrevoir son gros orteil. Son malaise ne fit qu'augmenter. Elle fut prise de panique. Comme la première fois qu'elle avait entendu un obus. Elle ne savait plus où ranger ses pieds. Elle regarda dans la pièce pour trouver un meuble, une table, une chaise derrière laquelle ils passeraient inaperçus. Alors qu'elle cherchait encore, le patron entra sans prévenir, suivi d'une dame âgée. C'était toi. Tu avais la soixantaine florissante. Une silhouette à peine forte, avec des attaches d'une finesse contrastant avec ton embonpoint léger. Une canne à la main. Une cape ample, coquetterie oblige. Tu rigolais devant ton miroir lorsque tu t'habillais. « Une belle cape et le tour est joué. Demain je me mets au régime. » Anita vit tout de suite du bonheur sous ta cape.

Anita devait être bien plus qu'une simple servante. Elle allait t'accompagner dans ta réclusion. Si elle avait choisi de quitter père, mère, famille, fiancé, pour venir travailler au Liban, elle n'avait pas vraiment conscience du marasme politique dans lequel elle avait mis les pieds. C'est aux explosions d'obus qu'elle le comprit. La première fois fut la plus dure. Elle avait bondi de son siège. La nuit, lorsque le cessez-le-feu était violé, tu l'entendais pleurer dans son lit. Tu venais à elle, lui demandais si elle était malheureuse. Si elle avait peur. Si elle était nostalgique des siens. Si elle désirait retourner au pays. Tu lui assuras qu'elle n'était pas obligée de subir une guerre si loin des siens. Que tu étais prête à la laisser partir si elle le désirait. Elle t'avait répondu, la voix entrecoupée de sanglots : « Oh non, madame, ce n'est pas pour ça que je pleure. Je n'ai pas de regrets. C'est à cause de mon fiancé. Il ne va pas m'attendre. Il en trouvera une autre. Le problème, c'est que je ne peux pas vous quitter non plus. Pas même pour lui. Si vous restez, je reste avec vous. » Son dévouement te toucha tant que tu lui fis la promesse de faire de ton mieux, aussitôt la paix en place, pour que leur couple soit réuni. Elle rêvait de robe blanche et de mariage. Tu lui promis le tout. Comme elle craignait toujours qu'il ne l'attende pas, tu écrivis toi-même une lettre au fiancé dans ton anglais boiteux, le priant d'attendre sa dulcinée sans crainte puisque tu te portais garante de leur bonheur futur. « N'ayez crainte d'aimer avec constance, lui écrivis-tu. Car vous serez payé en retour. » Tu l'avais embauchée malgré le trou dans sa chaussure. Elle avait décidé de rester malgré les trous dans les murs. Un prêté pour un rendu. Bien peu de choses. À partir de ce jour, elle fut persuadée d'avoir une dette envers toi. Le bonheur est une dette.

# 10

Un ressort reprend toujours sa position initiale. Je retourne dans ton boudoir chaque fois que la vigilance de mon père baisse. Une fois sur deux, il me retrouve la tête plaquée contre ton bureau. Avec tes lettres sous ma joue. Sur mes genoux. Dans les tiroirs. En désordre sur le sol. Tes cahiers aussi ouverts que la joie. Que les trottoirs rouges de la guerre. Chaque fois que mon père essaye de m'extraire de ton absence, il finit par me laisser où il m'a trouvée. Cet après-midi, il a encore baissé les bras et refermé la porte derrière lui. J'ai passé la nuit dans cette position.

Anita ouvre les rideaux et pose à côté de ma tête un plateau avec un café, un jus d'orange et un bouquet de capucines. Pour Anita, rien ne doit changer. Tous les matins, tu l'envoyais cueillir un bouquet de fleurs. Sur trois cents mètres carrés, les capucines jonchent ton jardin. Orange, rouges et jaunes. Tu disais qu'il fallait les cueillir à la base de chaque tige. Pour qu'elles durent plus longtemps dans les vases. « Combien durent les cadavres dans la terre ? » te demandais-je. Je ne voyais les bouquets de fleurs qu'en bouquets de morts. Lorsque Fayçal m'avait offert des roses rouges à l'occasion de nos fiançailles, j'avais fondu en larmes. L'idée d'être témoin de l'agonie des plantes.

À mon mariage, j'avais vingt ans, et deux décennies de contes. Avec le temps je me rendis compte que j'avais épousé un crapaud. Mon mari avait du mal à s'habiller des fantasmes que je lui confectionnais. Il y était à l'étroit et s'en débarrassait dans le panier à linge. Chaque matin, je ramassais les carcasses de mon enfance déchue.

À ma désillusion s'ajouta la déconvenue des téléphones portables. Celui de mon mari sonnait à toute heure du jour et de la nuit. Le père rendait son fils coupable d'être cardiaque chaque fois qu'il tardait à le rappeler. Mon mari accourait, bégayait, répondait en tremblant aux récriminations quotidiennes d'un père érigé au rang de dieu et d'une mère qui, pour survivre aux cris de son mari, avait fini par être double, triple, et très vite sournoise. Le pire, c'était quand le téléphone sonnait alors que nous approchions de l'orgasme. Je me pris à penser que l'appareil était directement connecté à nos organes et que nous étions surveillés jusque dans nos corps. « Hein ? Quoi ? Comment ? Attends, c'est papa... » disait-il en me poussant vers le côté du lit. Je l'aurais bien accusé de non-assistance à personne en partance. Je retombais sur terre avec la sonnerie. En chute libre.

Nous nous étions rencontrés lors d'un dîner de famille. Ami d'un cousin issu de germain, Fayçal allait m'épargner la consanguinité pratiquée depuis plusieurs générations. La bourgeoisie est un arbre qui se croise avec lui-même. Question de préservation de race, et d'argent. Lorsque je rencontrai Fayçal, je vis en lui du sang neuf. Fils d'une famille aussi désargentée que snob, Fayçal faisait rarement l'effort de s'intégrer. Lorsque je lui en avais fait la remarque, il avait répondu qu'il nous regardait mourir. Fayçal cultivait l'humour, et le cynisme de ceux qui camouflent une part d'irrésolu en eux. Fayçal avait longtemps grandi dans la position de l'autruche. Assujetti depuis l'enfance à l'autocratie d'un père persuadé d'appartenir à la lignée des patriarches de la Bible, quelque part entre Hénoch et Mathusalem, mon mari n'avait jamais enfoui sa tête ailleurs que dans les livres. Au fil des lectures, il se constitua une culture dont il se servait comme d'un substitut à son mal-être. Il observait le monde de sa hauteur. Depuis sa venue au monde, son père n'avait cessé de le seriner. « N'oublie jamais, pérorait-il, n'oublie jamais que tu es le descendant d'une lignée biblique. Adam est ton début et je suis ta fin. N'oublie jamais. Ne fraie avec autrui qu'avec parcimonie. Nous sommes différents. Les autres sont médiocres. »

Fayçal reniait tout ce qui pouvait ébranler une autorité parentale aussi irréfutable que l'origine du monde. Passionné d'armures et de boucliers, il avait trouvé là un moyen de se défendre. Enfant, l'idée même d'avoir à marcher avec ses propres pieds l'avait paralysé plusieurs semaines, laissant les médecins perplexes. Il était également sourd et aveugle. Dans un premier temps, ils avaient cru l'enfant atteint d'une poliomyélite fulgurante avant de comprendre qu'il était atteint d'une

« pater-myélite ». Seul le père l'en avait guéri. C'était un matin de novembre. Il était entré dans sa chambre en trombe, portant dans ses mains une caisse trouée par endroits. Il avait posé le paquet et intimé l'ordre à sa femme de sortir. Cette dernière, pressée de se rendre à une *sobhieh* – une réunion matinale d'hormones féminines jacassantes – ne se l'était pas fait dire deux fois. Le père s'était enfermé une bonne heure dans la chambre avec son fils. Lorsqu'il en était ressorti, le fils marchait, entendait et voyait à nouveau. Tout le monde avait crié au miracle. Personne, sauf le père, le fils et moi, ne sut ce qui s'était passé à huis clos. Fayçal se confiait très peu, les rares fois où nous nous éloignions géographiquement du père. Ses quelques aveux me suffirent. Quand son père avait ouvert la boîte ce matin de novembre, il en était sorti un rat. De ces grands rats des villes bien noirs, à la queue aussi longue que le corps. « Et maintenant, lui avait-il dit, je vais voir si tu peux rester couché sans bouger, sans voir et sans entendre. » Le fils avait sauté du lit à la vue de l'animal, prouvant par là même qu'il était bien moins paralysé qu'il ne le laissait croire. Il fut rossé pour sa supercherie, avec le rat pour témoin. Depuis ce jour, il n'avait plus utilisé ses propres organes, mais avait vécu par procuration. Avec les yeux, la bouche, les oreilles de son père.

## 11

JE LES TROUVAI TRÈS VITE SEMBLABLES, pays et mari. Leurs nombreux pères. Les naturels, les adoptifs et les prétendants à l'adoption. Colonisés et formés depuis leur naissance à l'obéissance aveugle, soudoyés puis bradés, mon mari et mon pays se noyaient aussitôt qu'on leur remettait leur vie, leur couple, leur peuple entre les mains. Je ne pouvais les accabler puisqu'ils avaient été privés en cours de croissance de leur autonomie de penser, d'agir et de réfléchir. L'un muselé par son père et l'autre par une Constitution qui le condamne à la discorde et à la déchirure. N'ayant pu former un couple à dix avec la famille de Fayçal, je n'ai jamais compris comment pouvait se faire un pays à quatre millions d'habitants, divisés en dix-huit communautés religieuses différentes, elles-mêmes assujetties à un système patriarcal plus formateur à l'aveuglement qu'à l'autonomie de penser. Petit Liban, enclavé dans les conflits des autres en plus des siens, réduit géographiquement à faire appel à un arbitre chaque fois que le conflit tourne au vinaigre. Dirigé tour à tour par les autres, passant d'une autorité ottomane à un mandat français. Je n'ai pu blâmer mon mari ni mon pays de marcher en vacillant. Pauvre Fayçal encerclé par une famille à laquelle il n'eut d'autre choix que de se plier. Il plia tellement qu'il ne s'en releva pas. Lorsque je l'avais épousé, il était déjà plié. Amoureuse de l'amour, je m'étais acharnée à tenter de le déplier avant de me rendre compte des déformations irréversibles. Lorsque j'ai annoncé à mon mari que je partais, il m'a hurlé à la figure : « Défaitiste ». Quel mal y avait-il à l'être ? Devais-je m'excuser pour avoir fait l'étude de mon impasse ? Mon couple. Mon pays. Une superposition d'impasses.

Née avec la guerre, j'avais fini par faire de l'émigration une idée fixe, et considérais un deuxième passeport comme un salut. « Un visa, c'est du caviar en période de guerre, disait mon père en maugréant. Quand le ciel vous tombe sur la tête, il ne prend pas de gants. Faut toujours être prêt au pire. » Mon père n'aimait pas les ruées vers les visas aux portes des ambassades. Soucieux de notre sécurité, il veillait à ce que passeports, tampons et visas, soient valides pour le cas où nous serions contraints de fuir précipitamment. Pourtant il ne partit pas. Contribuer à la ruine du pays en démissionnant était inconcevable pour lui. Le visa suffisait à me servir d'antidépresseur. Dans les abris, pour patienter, je répétais en boucle : « Au pire je me barre, au pire je me barre. » Après il suffisait de définir le pire. Acculée dans des sous-sols d'immeubles à attendre que l'Histoire se fasse sans nous, je me prenais à réfléchir à mon pouvoir d'intervention dans une machination politique où nous étions assignés à des rôles de manifestants, résistants, combattants, en fonction des enjeux et des ingérences. Jamais à notre propre rôle.

L'idée de plier bagage m'a aidée à patienter, dans un pays où la paix n'est qu'un répit entre deux récidives. Ta foi, elle, marchait à contre-courant de l'exode. Tu avais dû connaître un autre Liban, pensais-je. Tu avais dû l'aimer autrement, ce pays des chansons de Feyrouz, des photos en noir et blanc où aucun immeuble ne balafrait les montagnes. Où les neiges éternelles de Kornet el-Saouda rimaient avec la douceur de vivre. Mon Liban à moi est fait d'obus. De cadavres. De destruction. De politiciens en jarretelles. Le prix de la passe au Liban ? Un pays entier avec quatre millions d'habitants aux enchères, assujettis à toutes sortes de manipulations. Lorsque nous ouvrions le débat, tu me fixais, l'air réprobateur.

Je divorçai pour ne pas m'enfoncer dans l'impasse. Mes proches m'accusèrent de lâcheté. J'invoquai pour ma défense ce vieux dicton arabe que me répétait mon mari. « La fuite fait les deux tiers d'un homme. » C'est ainsi qu'il justifiait le fait de se dérober chaque fois que j'attendais de lui qu'il se révolte. Il était convaincu qu'il valait mieux être deux tiers d'un homme que de ne pas être du tout, et trouvait risible mon obstination à vouloir être non-divisible. Jamais il ne me passa par l'esprit de considérer sa fuite comme une autre forme de courage. Peut-être que Fayçal était ce preux chevalier, résistant comme on se résigne. Peut-être vérifiait-il ce qu'un jour j'avais lu dans un livre : « La liberté naît de la servitude. »

## 12

En divorçant, j'ai tout abandonné des contes, sauf l'absolu. Séduire m'a distraite. Je me suis mise à mêler amour et séduction. À boire dans des substituts d'amour. Dans des récipients creux, du plaisir à ras bord. Cette phase de ma vie resta secrète. Personne ne devait s'en douter. Pas même toi. On ne prend pas d'amant par amour de l'autre mais par amour de soi. C'est pour ne pas me haïr que je me jetai dans des corps de passage. Pour oublier que je passais aussi.

Fayçal ne fut jamais creux. Il était plein de tout, sauf de lui-même. Je n'aurais jamais pensé en arriver un jour à le regretter face au vide de Fadi, Roger, Robert, Francis, Issam, Ibrahim, Fawzi, Jimmy, et tous les autres.

Tu étais triste pour ce siècle occupé à chercher le point G dans des boîtes de conserve. Aux plaisirs charnels, tu privilégiais ceux de l'esprit. À mourir pour mourir, je devais jouir sans rien céder, les jambes ouvertes. Je troquai ma solitude contre un jeu de séduction et d'orgasmes. J'angoissais de n'arriver nulle part. De toute cette mort pour rien. De la guerre, partout.

L'immédiateté été de me donnait l'impression d'être libre. « Si tu es plus libre que la liberté, tu la tueras », me disais-tu.

## 13

Je ne vécus pas la guerre en bottes, armes et habits militaires. Je dus apprendre à vivre à la hâte. À aimer de la même façon. Il fallait tout faire vite de peur de mourir. Me marier pour ne pas mourir vierge avant la fin du monde. Mon père avait été catégorique. Il était hors de question de coucher avant le mariage. Chaque fois qu'un obus tombait, j'angoissais à l'idée de mourir vierge. Lorsque Fayçal me dépucela, j'angoissai à l'idée de m'être mariée pour ça. Des petites morts entrecoupées, par-ci par-là. Dans la rue, le sang giclait. Chez moi, l'ennui m'éviscérait. Je ne trouvais pas dérisoire de souffrir pour des riens. « Quand je mourrai, c'est sûr, je mourrai trop. » Je voulais souffrir pour quelque chose, et fis en conséquence les choses ordinaires avec démesure. Feu. Amour. Rage. J'avais hérité d'une violence plus grande que ces milieux où rien ne bouge. Où la mort survient avant la vie. Mon feu venait d'ailleurs. De contrées lointaines où il me fallait retourner coûte que coûte. Privilégiée par ma naissance, je ne connaissais de la guerre que l'exode. Je ne voyais les morts et les blessés des autres qu'à la télé. Un obus dans un quartier populeux fait plus de moignons que dans un quartier cossu. Les démunis restent chez eux, faute de moyens. Les riches migrent vers un chalet de montagne ou une maison de plage, un appartement avenue Montaigne ou place Victor-Hugo. Avec ma famille, nous changions d'abri au rythme des obus. Je culpabilisais de ne pas mourir par solidarité. J'attendais l'obus, la bouche pleine des brioches que cuisinait Mouhiba, qu'il pleuve ou qu'il vente, par temps de trêve ou de guerre. Originaire du village de Hasbaya, Mouhiba avait été embauchée quarante ans plus tôt par la famille de ma mère. Son embonpoint l'empêchait de se déplacer en silence. Elle respirait bruyamment et dodelinait en marchant. Lorsque nous en héritâmes, Mouhiba s'installa chez nous. Chaque fois qu'une rafale d'obus s'abattait, elle accourait vers moi comme une poule après son poussin. Mouhiba m'avait vue naître et grandir. Je l'avais vue prendre des kilos qu'elle ne perdait jamais. Chaque année, je pensais au corridor. Un jour, c'est sûr, il rapetissera, pensais-je, et Mouhiba ne pourra plus y passer. En attendant, elle y passait en haletant chaque fois qu'un sifflement d'obus se faisait entendre. Elle n'avait de cesse de vouloir me mettre à l'abri de l'explosion. Je rechignais toujours à descendre à la cave. Pour m'amadouer, elle me donnait de la brioche en me serrant contre le moelleux de sa poitrine. L'odeur acide de transpiration annulait le plaisir de la brioche. Je me retirais de son étreinte et finissais quand même par descendre, la bouche pleine. Nous changions d'abri en fonction des invasions et des spécificités techniques des sous-sols où nous nous réfugiions. Dans le cas des invasions israéliennes, il fallait un abri antiaérien car un Israélien ne s'avance jamais sans son avion. Dans le cas des invasions syriennes, il fallait une région éloignée du bruit des bottes et des chenilles sur le goudron. Dans le cas des altercations entre miliciens locaux, il fallait une région sans risque de haine. À chaque guerre son abri. Avec le temps, je refusai la brioche, me résignai à l'abri et trouvai indécent de survivre. Dans l'abri, je faisais des paris avec les habitants de l'immeuble pour identifier le sifflement des obus. Départ ou arrivée ? Dans le cas d'un départ, nous étions assurés que la mort partait ailleurs. Dans le cas d'une arrivée, nous nous bouchions les oreilles pour ne pas entendre la déflagration. Nous retirions nos mains, soulagés que l'obus ait percuté un autre immeuble que le nôtre. Le sifflement en plein vol détermine la portée, la vitesse, la cible. Risquer de mourir m'excitait. Me donnait l'impression de compatir avec la mort des autres. Me faisait penser aux cerfs-volants après lesquels je courais enfant. Je portais ma bourgeoisie comme un fardeau. Je m'en excusais, le visage creusé par les nuits blanches, et les yeux cernés d'angoisse. Je menais une guerre utérine contre mon milieu. Dans l'intimité, il arrivait à Fayçal de m'appeler sa « chouette » tant mes yeux était cerclés de noir. Lorsqu'il me demandait l'origine de ce regard, j'évoquais une métempsychose de la douleur. « Elle n'est pas mienne, répondais-je. Elle vient d'ailleurs. Nous ne sommes jamais une seule souffrance. »

Chaque cicatrice est une racine. À l'origine, il y eut le désir dont Fayçal ne voulait pas. J'en avais en excès. Il refusait de le prendre de peur d'avoir à le rendre. Obnubilé par le manque et la perte, il avait fait de la rétention son mode de vie. « Si la mer t'est offerte, lui répétait son père, ne t'en sers qu'à la mesure de tes besoins. » Fayçal ne connaissait aucun besoin. Il les refoulait avant même qu'ils ne naissent. Lorsqu'il découvrit les miens, il essaya de construire un barrage entre la mer et lui. « C'est une vague après l'autre que la noyade survient », disait-il. Plus l'amour gagnait du terrain, plus Fayçal avait peur de la colère du père. Afin ne pas être accusé de complicité avec mon désir, il ne s'en servait jamais devant témoin. Il m'aimait en cachette. « Une ration par jour », se justifiait-il lorsque je lui demandais pourquoi, il économisait l'amour et le désir aussitôt qu'il était en présence des siens. « Afin qu'il t'en reste les jours de dèche. Je suis le coffre-fort de ton désir. Je stocke le surplus pour les jours où tu m'aimeras moins. » Je trouvais impensable d'aimer moins. Haïr, peut-être, autant qu'on a aimé. Mais ne pas aimer moins. Au début, je mis la réponse de mon mari sur le compte de la prévoyance jusqu'au jour où la douleur survint avec le manque. « Nos désirs ne sont pas des lingots », lui dis-je. Ma fougue inquiétait Fayçal. Il n'aimait pas que je lui saute au cou à son retour du travail comme je l'avais vu faire dans les films. Il aurait préféré que je hausse un œil, puis l'autre, avant de m'exclamer les sourcils en accents circonflexes sans gaspiller d'efforts : « Oh ciel, mon époux. Quelle joie ! »

Formé aux garde-à-vous mentaux, Fayçal apprit la tendresse à coups de cris. Ceux de son père hélant sa femme d'une pièce à l'autre sans jamais se déplacer. Elle répondait au diapason. Aucun des deux ne se levait. Plus tard, les téléphones prirent le relais des cris. Ils communiquaient par textos. Lorsque je pris la main de Fayçal pour la première fois, je le fis à l'entracte d'un quartet pour violons qui jouait du Bartók au festival du Boustan. Peut-être de Baalbeck. Fayçal ne sut que faire de nos mains en apesanteur. Il resta passif. Ne prenant rien. Ne donnant rien. Ne retirant rien.

Fayçal ne savait à quel saint se vouer. D'une part la foudre du père. De l'autre, mon feu. « Entre deux tempêtes, la meilleure attitude c'est de laisser faire les courants », me disait-il en se murant dans une passivité qui, contre toute attente, amplifiait mon désir. Dès qu'il réintégrait le domicile conjugal, Fayçal m'assurait que je n'aurais pas à me contenter longtemps d'un baisemain. « De toute manière mon père n'est pas éternel, disait-il en misant sur sa mort. Les baisemains cesseront tôt ou tard. » Il attendait la fin de son père et achevait sa plaidoirie par : « On ne détrône personne avec violence sans risquer le néant. » Lorsque je tombai enceinte, je me sentis deux fois gravide. D'un embryon et d'un foetus. Fayçal dormait dans la position du fœtus. Et vivait de même. Si bien qu'avant d'accoucher, j'étais déjà mère.

Chaque fois que le père constatait chez le fils des signes avant-coureurs d'une personnalité plus affermie, il remontait à la source et me trouvait. « Cette femme, lui disait-il, est une sorcière, méfie-t-en. Souviens-toi d'Adam. La pomme. Dans chaque femme il y a un serpent. Quand elle t'embrasse, fais attention. Le venin est transmissible par la salive. » Au fur et à mesure je notais le changement. Fayçal ne m'embrassait plus que du bout des lèvres. Avec des baisers qui annonçaient leur fin avant que de commencer. Notre mariage tira définitivement à sa fin lorsque le père sanctionna les mutineries de son fils en lui coupant les vivres. Fayçal travaillait depuis toujours dans l'entreprise familiale. Chaque fois que le père voulait dissuader le fils d'une velléité de rébellion, il le privait de son salaire. Un mois après l'autre, la rébellion fut étouffée dans le portefeuille.

« Le jour où tu arrêteras d'écrire, tu seras heureuse. » Fayçal se rabattait sur mon écriture, m'imputant la responsabilité du mal-être de notre couple. « Écrire, c'est souffrir deux fois », me dit-il un soir d'hiver. Il me reprochait de ne pas me contenter de légèreté. J'aurais bien voulu. La gravité me rattrapait toujours. Dans le bruit du tonnerre. Celui de l'obus. Son sifflement en plein vol. Fayçal me reprochait de ne pas m'habituer à ce qu'on ne pouvait changer. Le silence entre deux déflagrations. La colère de son père. Je voulais remonter les fleuves jusqu'à leurs affluents. L'obus jusqu'à la haine. La peur jusqu'au noyau. J'aurais tout fait pour qu'il se révolte avec moi. Comme il voulait rester sous la protection de son père, je ne pus continuer de vouloir ma révolte sans lui et divorçai. Fayçal trouvait que je gaspillais mon énergie dans trop de crises existentielles. Je ne trouvais pas « trop » d'existER. « Tu es plus torturée que nécessaire, ajoutait-il. Tu ne feras que changer de malheur partout. »

## 14

Lorsque je t'avais annoncé mon divorce, tu avais prié Anita d'ouvrir une bouteille de champagne. Tu avais fait la fête comme après une libération et avais gardé pour toi l'inquiétude de la reconstruction. J'insistais pour toucher du doigt le danger. Le corps. L'amour. Tu me disais : « Se libérer est aisé. C'est rester libre qui compte. Droit devant, c'est un mur. » Mes yeux repéraient l'obstacle. Mon cerveau aussi. Je fonçais dessus et t'expliquais mes suicides à grands renforts de proverbes. « On n'apprend que de son propre sac », disais-je. Tu aurais voulu que j'apprenne du tien. Je ne savais faire sans expérimentation sensible. Tu te trouvais impuissante à me protéger de mon instinct. Du danger des contraires. « Quand tu aimes, fais attention à la haine. Tu ne sais jamais quand ça te prend. Et surtout, quoi qu'il t'arrive, plane. » Le verbe « planer ». Ton favori de toute la langue française. Je n'ai jamais fait que raser le sol, à bout de souffle sur les trottoirs. Tu savais le risque du « Qui trop embrasse mal étreint ». Je ne savais faire sans ce « trop ». Tu me disais : « Moins, c'est plus. » J'accédai à ta philosophie avec admiration.

Dans son application, j'échouai royalement. Je n'avais jamais trop de rien. Il fallait que je me prenne le mur, le trottoir, et l'immeuble, avant d'y revenir.

La mort de ton mari te fit veuve très jeune. Au vu de certains, tu aurais pu être joyeuse, libre, et riche. Tu ne fus que triste. Sereine ensuite. De cette sérénité qu'inspirent certaines femmes quand elles ont connu l'amour. Le vrai. Tu ne te remarias jamais. Ce ne fut pas faute de partis. Aucun n'était à la hauteur du piédestal où ton mari avait placé l'amour. Cette manière qu'il avait de te regarder à travers la fumée de sa pipe après une journée de travail. Ils furent pourtant nombreux à te tourner autour. Le problème fut de savoir autour de quoi ils tournaient. Toi. Ton veuvage. Ou la fortune dont tu étais curatrice depuis la mort de ton mari. Il avait fallu officialiser ton droit de tutelle sur tes enfants auprès des instances religieuses. Le clergé t'avait assigné un juge, exigeant de toi une preuve de ta santé mentale, ainsi qu'un désistement des parents mâles de la famille de ton mari. La tutelle masculine était prioritaire. Ta maternité accessoire. Ton mari n'avait qu'un frère, qui signa en blanc et accepta avec empressement de se désister. Père de trois enfants, il ne voyait pas l'intérêt de s'encombrer des tiens en plus. Tu n'obtins officiellement leur garde qu'après avoir subi un test de ton état mental. Un médecin assermenté te fit passer l'examen. Un homme bigleux, avec deux petits yeux ronds, qui te fit faire des calculs avant de se rendre compte de sa propre insanité. Tu lui avais répondu par énigmes. « Un plus un n'est pas égal à deux. Un plus un est égal à l'infini. » Il eut beau compter et recompter avec ses doigts, il ressortit de chez toi perplexe d'imaginer l'infini entre le pouce et l'index, et soulagé qu'il ne manque aucun doigt à ses mains.

Pour me consoler de n'avoir pas su aimer durablement, je démolissais ton idylle. « Ton mari n'est pas plus extraordinaire qu'un autre. Il est mort avant de sentir le rassis. » Répondre eût rabaissé son souvenir. Tu te tus. Je ne récidivai pas. Je savais tes silences illimités. Tu avais lu Rilke. « Être aimé c'est passer. Aimer c'est durer. » Dès le premier regard tu sus, avec ton mari, que vous seriez deux à durer.

Parmi tes papiers, un cahier troué dans toute son épaisseur me saute aux yeux. On le dirait rongé par un rat. Ton journal avait souffert d'une balle perdue. Sur sa couverture bleu pétrole, tu avais marqué au feutre l'année : 1986. Le trou dans le cahier est un cercle parfait à l'œil nu.

Pour rendre ta réclusion vivable, mon père veillait à t'envoyer régulièrement les derniers journaux français. Paris Match, Le Figaro, Le Point. Tout ce qu'il pouvait trouver sur le marché en période de guerre. Les membres proches et lointains de la famille avaient pour mot d'ordre de conserver leurs journaux et revues. Mon père en faisait la collecte et te les envoyait. Lorsque tu recevais le colis, tu prenais ton temps. Tu le déballais doucement, touchais les revues, sentais l'odeur du papier, t'installais à la lueur d'une bougie, et lisais minutieusement. Rien ne t'échappait. Les articles, les annonces, les pubs, les nécrologies.

Tu ne lisais pas, tu épépinais. Lorsque tu avais terminé, tu passais au travail de découpage. Tu observais longuement chaque page et réfléchissais à une stratégie de découpage qui te permettrait de récupérer le plus d'images possibles. Tu découpais une femme. Un paysage. Un arbre. Une voiture. Des chaussures. Des mains. Parfois des oreilles. Des nez. Pas n'importe lesquels, ceux de Mitterrand, Reagan, Lady Di, Carlos, Alain Delon, Rita Hayworth et plein d'autres, dans le gotha de l'art, de la pub et de la politique. Lorsqu'il n'y avait plus de personnages, tu t'en prenais aux animaux, puis tu découpais dans ce qui restait des formes géométriques. Carrés. Rectangles. Cercles. Tu les rangeais par diamètres et formes dans des boîtes à chaussures. Les petits, les grands, les moyens, les inégaux. La forme géométrique que tu préférais était le cercle. « Te rends-tu compte, me disais-tu, qu'avec le cercle, l'infini se mord la queue ? » Découper t'offrait un espace mental. Tu y trouvais de la joie. La régularité du bruit des lames sur le journal apaisait l'irrégularité des jours. « Nos mains prient à notre insu. » Tu recommençais le même geste. Inlassablement. Comme on tricote.

Les bombes s'abattaient, tu découpais. Le quartier était encerclé, tu découpais. Les rues investies et désinvesties, tu découpais. Dans l'entrée de l'immeuble d'en face, un canon, tu découpais. Rien ne t'interrompait. Plus tard, tu fis de tes découpages des collages plastifiés.

C'est Ali, ton jardinier, qui te ravitaillait. Il logeait avec sa famille dans une petite maison attenante à la tienne, au bout du jardin, jusqu'à ce que la guerre et toi l'en délogiez. Tu lui assuras un toit de rechange aussitôt qu'il te fit part de son obsession. Dévoué, il avait décidé de mourir avec toi. Il insistait. Tu le fis partir précipitamment avec femme et enfants, un jour comme beaucoup d'autres où il n'avait pas eu sa langue dans la poche. Les combattants avaient le doigt sur la gâchette. Ali s'attrapait souvent avec eux, s'arrangeant quand même pour avoir la vie sauve au final. Tu avais beau lui expliquer qu'il se rendait esclave des mots qu'il prononçait, rien n'y faisait. Son impulsivité menaçait ta sécurité. Pour te débarrasser de son franc-parler, tu lui dégotas en vingt-quatre heures un poste de gardien avec logement dans un hôpital en retrait du front, dans la zone Ouest de Beyrouth. Il s'y installa avec sa famille et continua de t'apporter vivres et journaux, en jurant qu'il se tairait. Ali voulait contribuer à ta résistance en risquant au moins quelque chose. Sa vie. Il ne trouvait pas que ce fût cher payé. Comme il persistait à vouloir prendre autant de risques que toi, il fit le « pont ». La passerelle de vivres. Deux fois par semaine, il traversait les lignes de démarcation, chargé comme un baudet en journaux, matériaux pour collages et revues, empaquetés par ton fils à cette intention. En surface du colis, un paquet de produits alimentaires de première nécessité. Du pain. Du fromage. Des conserves. De quoi te nourrir plusieurs jours. Ali avait un sauf-conduit qui lui permettait d'accéder au jardin de l'ambassade d'Iran accolé au tien. Plus tard, à force d'amitié avec le gardien, il n'eut plus besoin de laissez-passer. Le plus difficile était d'enjamber le mur mitoyen. De part et d'autre, il y avait des échelles. Il s'agissait d'arriver tout en haut, d'enjamber le vide, de changer d'échelle sans perdre l'équilibre, tout en évitant d'être tué à cheval sur le mur par une balle de franc-tireur. Ali s'en sortait bien. S'il voulait mourir avec toi, il n'était pas prêt à mourir avant toi.

## 15

Tu avais disposé des sacs de sable à l'Est, au Nord, au Sud, à l'Ouest. Tu avais repéré les francs-tireurs. Leurs positions. Tu connaissais leurs humeurs. Leurs pauses-déjeuner. Leurs balles perdues dans Beyrouth oublieuse de ce qu'elle avait été. Tu refusais toi d'oublier le havre pluri-confessionnel d'antan. Sur un bout de papier, cette phrase : « Les peuples heureux n'ont pas d'histoire », accompagnée d'une série enragée de points d'interrogation. Tu aurais bien voulu d'un bonheur contemplatif et te raccrochais à l'idée de le retrouver.

Abou Joseph, le borgne de l'immeuble d'en face, ne croyait pas à ta paix. De toute manière, sur le front, il fallait qu'il sauve sa peau. Abou Joseph était franc-tireur au service de la droite. Il n'avait qu'un œil mais un bon, et ne ratait jamais sa cible. Il avait un fils du nom de Joseph. Son poste : de huit heures à vingt heures, tout en haut d'un immeuble surplombant ton jardin, à deux rues de chez toi. Il avait ton salon dans sa ligne de mire. Un jour, il envoya une cartouche incendiaire dans ta bibliothèque. Tu avais dû ramper jusqu'au salon à quatre pattes. Avec un vieux couvre-lit bien épais, tu vins à bout de l'incendie. Tu avais sauvé tes livres. La première fois où tu le vis, tu lui en fis le reproche. « Les livres ne sont pas une cible », lui avais-tu dit d'un air sérieux, faisant abstraction de la cible vivante que tu aurais pu être. Depuis son poste de contrôle, il n'avait pu s'empêcher d'être intrigué par ce petit lopin de terre fleuri clôturant une maison aux ouvertures condamnées par des sacs de sable, criblée de tirs et de shrapnells. Il la lorgnait avec ses jumelles durant ses pauses-repas. Il ne put s'empêcher de faire intrusion chez toi un soir, après son travail. Il vint, l'arme à la main et le regard torve. Tu lui demandas d'instinct comment allait sa famille. Si son fils ne souffrait pas trop de ses absences lorsqu'il était sur le front. Il t'avait regardé intrigué. Trop tard pour lui pour refermer la brèche où tu t'étais engouffrée. Il était reparti de chez toi en s'excusant pour les balles perdues. Il t'avoua que ça le rendait malheureux de les perdre. Les balles. Mais que ça payait bien. Cent dollars par tête de pipe abattue. Fallait que Joseph vive.

« Tout a un sens. De la perte à l'apparente inutilité des choses. » Tu avais récupéré dans ton jardin une carcasse d'obus restée intacte après explosion. Tu en fis un porte-parapluie. En 1960, tu avais pensé à un parti pour ta fille. Un jeune homme qui avait monté avec de modestes moyens une usine de recyclage artisanale sur les hauteurs nord de Beyrouth. Elle n'avait pas daigné lui parler. Ça ne faisait pas sérieux. Les poubelles. Il en fut dépité d'autant qu'il était amoureux. Pour l'oublier, il quitta le Liban et investit son temps et sa rage dans d'autres poubelles du monde. Il ouvrit des usines les unes après les autres et devint numéro un du recyclage mondial. Elle épousa un banquier et devint dépositaire d'ennui. Tu ne compris pas le choix de ta fille et trouvais au fiancé éconduit une qualité de poids. Le recyclage. La créativité jusque dans les poubelles apparemment les plus irrécupérables. Une âme à récupérer. Un pays à recoller. Ton jardin détruit à refaire. Lorsque, désespérée de ne savoir dessiner, je venais à toi avec mes pages de gribouillis, cela ne te prenait que très peu de temps de faire de mon gâchis une œuvre. Tu ouvrais ta petite boîte métallique. Avec un crayon, tu prenais une courbe, la reliais à une autre, suivais le tracé de mes maladresses. Au bout d'un moment, tu trouvais dans mon dessin raté un tas de petits personnages. « Les paysages sont intérieurs, disais-tu. Comme nous. Il n'y a pas de gâchis, il y a ce que nous en faisons. »

Tu écrivais ta réclusion dans de petits carnets. Tu y notais l'insignifiance des choses. Une cafetière sur un butagaz. L'odeur du café brûlé. Le temps en apesanteur. Tu étais redevable aux chats de ton quartier venus trouver refuge chez toi de leur présence dans une existence désertée de tout. Tu en étais envahie. Des noirs, des gris, des tachetés, des tigrés, des croisés, des bâtards, quelquefois des racés. Tu étais à l'écoute de leurs corps frêles sous tes mains. Quand l'un d'eux se dressait, aux aguets, comme pour te prévenir d'un danger, tu inspirais longuement. Te fiant à leur nervosité, tu faisais le tour du jardin. D'une part, tu noircissais des cahiers, de l'autre, tu observais tes chats. Anita, affolée, gardait en permanence une expression de bête traquée. Tu continuais d'afficher une sérénité inébranlable. Ali repartait de chez toi avec un colis de lettres adressées à chacun de tes enfants. Tu en laissais une à mon intention sur le dessus. Tu savais avec quelle impatience je l'attendais. « Écrire c'est sombrer moins », m'écrivais-tu. À ton chevet, *Le Livre de l'intranquillité* de Pessoa. Il t'importait peu que ce mot existât en langue française ou pas. Tu en connaissais le prix. L'intranquillité. Tu le payais, affichant son contraire à toute épreuve. Enfant, tu rêvais de pratiquer la médecine. C'est la psychiatrie qui t'intéressait. Ton père t'en empêcha. Inadéquat pour une fille de famille. Comme tu ne pouvais faire médecine, tu devins grossiste en amour, toutes espèces confondues. Humains. Chiens. Chats. Libanais. Étrangers. Anonymes. Indifférents. Tu avais beau essayer d'éviter aux chats d'être tués, les mâles n'avaient de cesse de s'échapper à la saison du rut. Aucun ne revenait du cimetière des chats. C'est là que je voulais être enterrée petite. Seule ta petite chatte rousse te tenait compagnie, lovée dans tes *abayas*. Chaque fois qu'un obus explosait, elle sursautait et courait se cacher entre tes jambes. Elle avait gardé, en souvenir d'un mâle, une portée. Cinq petits chatons qui firent ton bonheur. Tu t'improvisas sage-femme.

*Mes enfants chéris,*

*La vie que j'ai n'est pas éprouvante. Elle me fait apprécier les chances de la vie. Regardez à travers mes jumelles et vous verrez que l'on peut se contenter de goûts simples. De bricolage, de rêveries, de lectures, de visions d'un jardin. J'ai barricadé toutes les ouvertures avec des sacs de sable. Les observateurs de l'immeuble d'en face n'arrêtent pas de m'épier. Les francs-tireurs sont partout mais je les ai localisés et les évite. Mon quotidien n'est pas précaire. Quand bien même le serait-il, ça fait du bien de prendre conscience de ce que nous sommes. Des êtres rendus précaires inévitablement. Vous me demandez comment je fais. Je ne fais rien. Je suis tout simplement le cours des choses. Mes besoins sont faciles à combler. Le frigidaire, par exemple, n'est pas indispensable si l'on consomme de petites quantités d'aliments par jour. J'imite ma grand-mère que j'observais, enfant. Lorsqu'elle avait un reste de nourriture, elle le plaçait dans un récipient en verre qu'elle posait dans un plateau rempli d'eau. Ainsi, la fraîcheur de l'eau conservait les aliments. Je fais pareil. Pour ce qui est de l'eau potable, je la bois telle quelle. L'eau glacée n'est de toute manière pas une habitude très saine. L'eau à température ambiante est meilleure pour l'organisme.*

*Le vrai problème a été d'avoir de l'eau. Dès le premier jour j'en ai manqué. Mon premier réflexe a été de me procurer des bidons vides qui m'ont été envoyés par l'hôpital du coin. C'est la petite nurse des urgences qui s'en est chargée dès qu'elle a appris mon isolement. Elle m'en a envoyé une quarantaine. L'hôpital en regorge. Elle s'appelle Badiha. Une petite brune à la peau mate. Je l'avais rencontrée vingt ans plus tôt lorsque sa mère, cuisinière chez tante Adèle, l'emmenait avec elle au travail. Elle avait de grands yeux qui dévoraient la vie, et l'ambition de devenir infirmière. Lorsqu'elle m'en avait parlé, je lui avais dis qu'« à défaut de changer son destin, nous pouvions le vivre mieux. » Cette phrase, m'a-t-elle dit, a été clef dans ses études. Elle s'en est souvenue dès qu'elle a appris que je n'avais pas quitté les lieux. Elle m'envoie régulièrement un planton pour voir si j'ai besoin de quelque chose. Je lui dis : « De l'eau. Seulement de l'eau. »*

*Je m'assure toujours que les quarante bidons de Badiha sont pleins. Je les mets de côté en prévention des pénuries. Mais il me faut une autre source d'approvisionnement. Ça devient pénible et risqué de transporter l'eau de chez elle à chez moi par le biais de ce malheureux Ali, qui en aura bientôt le dos brisé. L'idée m'est venue de faire installer un tuyau d'arrosage entre ma maison et le jardin de ma voisine, qui dispose d'un puits artésien. Le tuyau nous reliant, je suis directement approvisionnée en eau. C'est une belle symbolique, non ? Les ponts que nous improvisons. Ali m'a aidée à tout installer. Il a apporté un tuyau assez long pour couvrir toute la distance. Il l'a déroulé rapidement et l'a fait passer par la fenêtre de la salle de bains. Maintenant j'ai mon eau en toute quiétude. Si le tuyau se troue, nous pourrons le réparer en l'enroulant jusqu'à chez nous, boucher le trou, puis lui faire reprendre le même chemin. Le jardin de ma voisine reste accessible par les ruelles de l'Ouest. Ainsi, Ali s'occupe du tuyau depuis chez elle. Jusqu'à présent, aucun accident. J'ai apporté trois caisses de petites bonbonnes de gaz. Elles me serviront à faire de la lumière les soirs où l'atmosphère est trop tendue. Il vaut mieux que ça reste allumé afin qu'ils n'oublient pas ma présence. Le fait que la maison soit habitée limite les intrusions. Je me sers de bougies et de piles électriques pour regarder dans les pièces qui ne sont pas éclairées. Comme vous voyez, c'est le grand luxe en matière d'éclairage. Il m'arrive de lire jusqu'à deux heures du matin. Je ne fais aucune économie. Grâce à vous, qui me pourvoyez en vivres et me faites parvenir l'argent nécessaire. Il en faut des pourboires pour chaque ravitaillement. Mais je considère être née sous une bonne étoile. La foi ne nous lâche jamais. C'est nous qui la lâchons. J'ai autour de moi des gens au grand cœur. Ali n'est pas obligé de risquer sa vie. Vous l'attacheriez à un arbre qu'il l'arracherait quand même pour accomplir ce que son dévouement lui dicte de faire. Voyez-vous, mes chéris, si je relate tout ça c'est pour que vous ne vous inquiétiez pas plus que nécessaire. Ici la vie va son train. J'ai décidé de rester et je resterai. Parce qu'on finit par être connu et adopté de ses ennemis. Toutefois je préfère que vous ne parliez pas trop de moi et vous demande une discrétion absolue dans toutes les manœuvres et pourparlers que vous entreprenez pour rendre mon quotidien vivable.*

*Je sais que peu de gens comprennent ma détermination mais j'ai foi en ce pays. J'ai la conviction d'être dans le vrai lorsque je nous vois nous démener au cœur des pires saletés commises. C'est de ne pas s'y laisser prendre qui compte. Je pense, contrairement à vous, que ne tardera pas à venir cette paix tant espérée. Je rêve déjà du bonheur intense que j'aurai de vous retrouver. Le souvenir de chacun de vous m'habite et comble votre absence. Je suis pleine de vous. Sereine de vous savoir en vie et en sécurité.*

*Votre mère qui vous aime*

Tout au bas de tes lettres tu m'adressais toujours un petit mot. Jamais le même.

*Un grand merci pour ta lettre, ma petite fille chérie. Aujourd'hui le jardin m'a demandé après toi. Il voulait savoir quand tu allais revenir t'occuper du potager. Je lui ai dit bientôt. Très bientôt, elle reviendra. Tu nous manques. Ma petite chatte rousse a eu cinq merveilleux chatons dont je prends soin en t'attendant.*

En période de paix, tu m'envoyais pêcher avec ton jardinier. C'est lui qui accrochait l'appât. La proie mettait du temps avant de mordre. Lorsque je m'impatientais, il rétorquait : « Il faut avoir de la patience jusqu'à ce que la patience vienne à bout de la patience. » La politique attend. La proie mord toujours. Ainsi deux soldats israéliens se promenaient, aux dires des uns, à la frontière. Aux dires des autres, en territoire libanais. En ce début tranquille de juillet 2006, le parti de Dieu, par l'odeur alléché, décida du sort des deux promeneurs et les prit en otage sans se méfier. Ils entraînèrent avec eux le pays entier. Plus tard, la vie devait m'apprendre ce que ton jardinier avait omis de m'expliquer. Qu'un pêcheur intelligent fait toujours faire le boulot par un autre. Le tout est ensuite d'identifier l'autre. Syrie. Israël. Iran. Hezbollah. USA. Autant chercher une aiguille dans une botte de foin. Le Liban, dilué dans sa pluralité et la convoitise des autres. La prise en otage des appâts déchaîna la colère du pêcheur de l'autre rive, directement concerné, et de ses alliés. Ce dernier décréta le Liban victime du terrorisme du parti de Dieu. Les représailles furent immédiates. Blocus maritime, aérien et terrestre. Sur tout le territoire, les Libanais furent pris comme des rats. Je n'ai jamais aimé les échiquiers. Le calcul qu'il faut pour vaincre. Dominer. Gouverner. S'enrichir. J'étais du parti de l'instinct. Tu étais des deux. « Le cœur et la tête. L'un sans l'autre est caduc. » J'avais du mal à les relier. Je me trouvais anéantie par l'affrontement de leurs forces contraires.

## 16

Ta foi m'horripilait. Je l'apparentais à une vision utopique du monde et te trouvais dépassée avec ta baïonnette de résistante. Je te demandais de descendre de ton nuage. Tu me regardais avec des yeux qui hésitaient entre tristesse et sévérité. J'étais persuadée que tu étais trop rêveuse pour t'y entendre en politique. Tu avais pourtant du terrain plus d'expérience qu'un politologue assermenté. Nous n'étions pas non plus d'accord sur la foi. Je pratiquais la désillusion.

« Jamais le monde n'aura été si mal, te disais-je.

– Les débats ne font pas le terrain. L'action seule peut sauver », répliquais-tu immanquablement.

Tu as eu la bonne idée de mourir l'avant-veille de l'invasion de juillet 2006. Ta disparition coïncide avec l'incursion d'un de nos pays voisins. Cette fois-ci Israël. Un coup l'un. Un coup l'autre. Un coup les deux. Poussez-vous de là que je m'y mette. Deux voisins. Pas des moindres. Eux-mêmes alliés à des non moindres. Iran. Syrie. Israël. Union soviétique du temps de la guerre froide. États-Unis. Et puis l'Europe et son mot à dire. Nos frères arabes et les pétrodollars. Nasser en Égypte. Dans une de tes revues, tu avais découpé un article : « La théorie du temps, espace horizontal. » Et l'Histoire, dimension verticale capturée par l'horizontalité du temps. Je m'imaginais, à l'endroit même où je lisais tes lettres, devisant avec un légionnaire romain, Alexandre le Grand et un émir de l'Empire ottoman. J'ai eu du mal à comprendre l'article. Le temps capturant l'Histoire. Moi, captive d'un pays au milieu d'une poudrière. On ne peut rien contre le sang chaud des peuples. L'Afghanistan est envahi, c'est Tripoli qui manifeste. Ahmadinejad harangue, le sud Liban applaudit. Le président syrien glisse sur une peau de banane, on prend sa béquille dans le Nord. Pauvre Liban de tous les conflits. Comme s'il nous fallait importer ceux des autres. Dix mille petits kilomètres carrés où toute l'histoire du monde s'écrit. Quel capharnaüm. J'avais essayé d'en parler à Wissam lorsque je l'avais trouvé dans ton salon. Je lui avais demandé s'il n'avait pas vu à un barrage un homme de Neandertal sans carte d'identité. Il avait dû mettre mon discours sur le compte de ta mort et me conseilla le repos avant de partir.

Peu importe la vie après la vie. Je pense à la date providentielle de ton décès. Tu n'aurais pas aimé être témoin de tant de morts à la télévision. De Beyrouth assaillie par l'aviation israélienne. Deux jours que ça dure. Cette guerre n'a pas eu de préambule. Pas même de signes préalables de haine. L'atroce sans rédemption et sans début, comme une tempête inexplicable d'été. Sans combattants. Avec des politiciens. Des avions. Des médias. Et une population, fourmis de peu de force. Ce bon vieux La Fontaine nous aurait donné le royaume de la persévérance. « Rien ne sert de courir ; il faut partir à point », disait-il. Jusqu'à présent c'est à point que nous mourions, à pied que nous fuyions, et les cigales, de nos jours, ne chantent plus l'été. Les cigales se transforment en avions. Ça ne chante pas un avion. Ça survole, ça inspecte, ça éjecte, ça défèque. Des pilotes au cerveau lavé pour exécuter. Appliquer. Ne pas penser. Ne pas voir. Survoler la terre en ne pensant qu'au ciel. L'ivresse est un instinct de nuage. Vus d'en haut les cadavres ont une odeur de jasmin, et les pilotes rêvent d'éternité.

Rivée à son poste de télévision, Anita attend d'être sauvée par l'opinion internationale. Je lui ai donné un livre pour enfant de ta bibliothèque. *La Belle au bois dormant.* Je lui ai dit que l'opinion aussi était dormante. Ta maison est orientée au Nord, donc en sécurité. De chez toi, on peut voir le Sud en spectateur. Ta guerre, même civile, me semble plus humaine que cette guerre massive. Ta guerre à toi était artisanale et se passait dans ta rue. Tes armes avaient du cœur. Un doigt sur une gâchette avec un combattant. Mon enfance fut bercée par le récit que tu faisais de deux canons de part et d'autre d'un grand talus. Un gigantesque tas de sable qui obstruait le Passage du musée. Chaque matin, les artilleurs de chaque camp s'interpellaient à l'aide d'un mégaphone. Tu entendais leurs voix jusque chez toi. Ils ne commençaient leur journée qu'après les présentations. « Qui est aux commandes de votre côté ce matin ? »

criait un artilleur en direction du versant adverse du talus. Ali. Tony. Ahmed. Michel. Les religions ont des prénoms. Une voix répondait toujours de l'autre côté du tas de sable. Ils finissaient par s'attacher à ce rituel. Aucun obus ne partait sans que les deux canons ne se donnent le feu vert. « Prêts pour le combat ? » criaient-ils dans le porte-voix. Les deux canons étaient hors d'atteinte l'un de l'autre. L'un bombardait l'Est. L'autre l'Ouest. À force de passer, Père Pont s'était lié d'amitié avec les deux bords. Lorsqu'il traversait, chargé de sacs de pain pour ses pauvres, les canons se donnaient le mot et cessaient le feu. Père Pont passait. D'un côté du talus on hurlait : « Ohé ! Abouna Jissir passe. On arrête. On reprend après. » Et tout s'arrêtait. Une complicité naquit entre les artilleurs. Lorsqu'en 1990 les accords de Taëf décrétèrent la fin de la guerre civile, les deux canons furent laissés à l'abandon. Tous les artilleurs se précipitèrent vers le talus. Chacun voulait voir le visage de l'autre. Après dix ans de prénoms hélés dans un mégaphone, le bonheur de tomber dans le prénom à bras ouverts. Ali, ton jardinier, les avait croisés alors qu'il accourait t'annoncer la fin de la guerre. Il les vit faire du café à côté du talus. Les combattants parlaient et riaient fort. Quelque chose les unissait, dont ils ne se souvenaient plus.

Le rouge des capucines qu'Anita a posées sur la table m'écœure. Je fouille dans tes tiroirs, cherche quelque chose de ta guerre, pour pouvoir vivre avec la mienne. Comprendre le gouffre entre elles. Le lien aussi. Les prétextes aux invasions.

Tout n'est qu'alibi, bonne conscience. Les crimes derrière les belles intentions. La glace de mon enfance enrobée de chocolat. D'éclats de pistache. Le glacier que tu préférais se trouvait face au Musée national, dans la petite rue adjacente. Un glacier qui, à ses heures perdues, faisait des macarons tendres à souhait. La vie aura eu beau me faire découvrir d'autres contrées, d'autres pâtissiers parmi les meilleurs, nulle part je n'ai retrouvé ce goût d'enfance. Il prenait le cornet, le remplissait de glace à l'aide d'une spatule et, de son pouce, il rattrapait ce qui débordait. Je n'ai jamais été choquée par le pouce, ni cherché à savoir s'il était propre. S'il avait traîné dans quelque endroit douteux avant de finir sur ma glace. Seul le fondant de la crème au lait m'importait. « Quelle saveur veux-tu, *ya bint* ? » me disait-il à travers sa moustache. Glace au crime sauce intentions, lui aurais-je dit aujourd'hui. Démocratie sauce carnage. Pogrome sauce autodéfense. À l'époque, je me contentais de regarder le glacier avec des étoiles dans les yeux. Et il me doublait aussitôt la dose avec un petit clin d'œil. Une dose. Deux doses. Dix doses de glace en plus. Deux otages. Cent doses d'une répression décuplée. Pour deux soldats kidnappés, c'est une guerre déclarée et quatre millions d'habitants pris en otage. Des ponts abattus, des centaines de milliers de déportés et quelques poussières de morts, d'estropiés, d'orphelins. Il n'y a pas de guerre, il y a des intérêts. Des plans. L'information. Les médias. Où finit le hasard commence la préméditation. Que le pouce du glacier soit propre ou pas ne changeait rien au goût de la glace. Idem pour la guerre.

## 17

Cela t'énervait de ne pas maîtriser l'arabe. Ta grand-mère parlait parfaitement le français, le turc et l'arménien. Dès la chute de l'Empire ottoman, le Liban avait été sous mandat. Elle avait adopté le français par commodité et pratiquait l'arabe tant bien que mal. Tu grandis entre deux langues. Dans un français impeccable et un arabe estropié. Elle déployait à ton égard autant d'amour qu'elle put, espérant combler l'absence de ta mère. Elle y réussit en partie. Le français fut ta langue nourricière. Par elle, tu fis ton entrée dans la littérature, la philosophie, la peinture, la sculpture, le siècle des Lumières et de tous les possibles. Passé l'âge de l'adolescence, tu voulus un autre absolu. Tu t'attelas à parfaire ton arabe comme on parfait l'amour. Penser en français. Aimer en arabe. Tu jumelas les deux. L'arabe était pour toi ce lieu originel des parfums. Des arabesques. Des dilutions organiques par la litanie. L'arabe labyrinthique où l'on se perd, charmé par une métaphore. Tu utilisais rarement le mot « chérie ». Tu disais : « Bonjour mon cœur », d'autres fois j'étais ton « œil », ton « foie » ou ton « croque-mort ». Il t'arrivait d'émettre le vœu que je t'enterre. Je mis une partie de mon enfance à décrypter cette expression étrange. *Ya Tokborné. Ya*, pour invoquer. *Tokborné* pour chérir au masculin. *Tokboriné* au féminin. Dans sa traduction littérale, *Tokborné* veut dire : « Que tu m'enterres. » Quotidiennement invoquée dans le langage courant, cette expression est utilisée pour dire l'amour sacrificiel. *Tokboriné* par-ci. *Tokboriné* par-là. Me chérissais-tu au point de vouloir que je te porte en terre ? Je ne comprenais pas ton insistance à me faire don de l'absence.

Tu appris l'arabe sur le tard et en épuisas toutes les ressources. Les expressions, les litanies, les métaphores. Les proverbes, dont ton mari était féru. Les contes arabes que tu lisais à tes enfants. Il fallut la guerre pour que tu l'apprennes de manière radicale. Tu n'aurais pas pu, sans cette langue, communiquer avec tes interlocuteurs. Tu maîtrisas ses nuances et t'escrimas à saisir chacune de ses subtilités. « La politesse, disais-tu, est une épée au bout de laquelle nous tenons les gens en respect. » Jamais tu n'en manquas. Pour personne. Pas même pour un insecte.

Dans un bocal au couvercle percé tu capturais des sauterelles. Des papillons du soir. Des libellules. Leur captivité m'impressionnait. Tu les relâchais après les avoir observés. Tu étudiais leurs corps pour mieux les dessiner.

## 18

Tu récoltais beaucoup de témoignages sous le sceau de la confidentialité. 75 était un milicien dont tu ne dévoilas jamais le nom. Les secrets étaient pour toi à emporter dans les tombes. Son nom dans la tienne. Tu n'évoquais son souvenir qu'avec un nom de code. 75. En référence au début la guerre civile, en 1975. 75 était un homme très baraqué, avec une moustache et une queue de cheval. Il fut plus tard recherché par Interpol. Jamais retrouvé. De ton temps, il n'était sur aucune liste. Lorsque tu le vis, tu sus tout de suite qu'il était plus rongé par l'ambition que par le crime. Il avait une soif de reconnaissance que ses victimes assouvissaient. Certains l'avaient baptisé « l'égorgeur du musée », car il sévissait dans ta zone, limitrophe du Musée national transformé en caserne pour miliciens. En période de cessez-le-feu, le seul point de passage de toute la ligne de démarcation était la grande avenue du musée. Pour passer d'une région à l'autre, il fallait l'emprunter au risque d'y laisser sa peau. Passage du musée, aucun franc-tireur ne chômait. La seule loi en vigueur était celle du plus rapide à la gâchette. 75 n'était rapide qu'à l'arme blanche. Lorsque tu le connus, il n'était encore qu'un débutant.

75 n'avait aucune appartenance politique propre. Il était agent double, triple, aussi pluriel que le nombre de milices existantes. Il avait forcé ta porte. Tu avais eu l'air si effondrée devant ta serrure brisée qu'il oublia la raison de son effraction. « Ce n'est pas tous les jours, lui dis-tu, qu'on tombe sur d'honnêtes combattants comme vous. » Il ne se savait pas honnête avant ta réflexion. Il te proposa une autre serrure, et sa protection. « Demain madame, je vous en ramènerai une autre. Et ce soir je veillerai. » Il avait dit « veiller » comme il eût dit « tuer ». Le verbe t'avait fait froid dans le dos.

Pourtant tu dormis comme chaque nuit. On s'habitue à tout. 75 t'accompagna dans ta réclusion. Entre deux missions, il passait s'enquérir de toi et s'assurer que tu n'avais besoin de rien. Il te faisait part de son quotidien. Des partis qui le démarchaient pour des séances de torture grassement rémunérées. Il n'en refusait aucune et collectionnait les oreilles de ses victimes. Il les enfilait sur un fil de fer malléable qui faisait office de collier. Un jour, il te le montra. Le fil te fit penser à un collier de cris. Tu gardas une expression imperturbable, changeas de sujet avant d'y revenir de manière détournée.

Un matin, il vint avec un dossier scellé à la cire qu'il te demanda de cacher chez toi. La teneur du dossier mettait en péril sa vie et celle des siens. Il ne pouvait aller nulle part avec. « Personne n'aurait l'idée de chercher le dossier chez vous », t'avait-il dit. Avant même qu'il ait fini ses explications, tu t'étais levée, tendant le bras dans sa direction. Il t'avait donné le dossier. Tu t'étais dirigée vers une armoire sans cadenas, avais ouvert les battants, et posé le dossier dans une grande casserole. C'est entre le corridor et la cuisine que tu recevais tes visiteurs. « Personne ne pensera à fouiller dans les casseroles », lui avais-tu dit. Vous n'aviez pas eu besoin d'en dire plus. Tu ne voulais pas savoir non plus. Il était parti de chez toi rassuré. Une année passa. Lorsqu'il revint, tu le reçus avec les honneurs dus à une longue absence. Il eut à peine le temps d'évoquer le dossier que tu te levas et te dirigeas vers l'armoire comme tu l'avais fait un an plus tôt. Tu ouvris les battants et tiras de la grande casserole le dossier resté intact. Il avait juste pris la poussière. 75 eut l'air étonné de l'état inchangé du dossier. « Vous ne l'avez donc pas ouvert ? » te demanda-t-il. Tu l'avais regardé, souriante. « Un secret ne doit pas dépasser une personne. Vous en connaissiez la teneur. Ma mission était de le préserver. Il n'est pas nécessaire de savoir ce que nous devons taire. »

Jamais personne ne sut ce que contenait cette enveloppe. Je t'en avais voulu de n'avoir pas regardé dedans. 75 était reparti, emportant avec lui son secret. « Te rends-tu compte, te dis-je, que ce secret nous échappera toujours ? » Lorsqu'il t'avait quittée ce jour-là, il t'avait laissée entendre qu'il ne reviendrait plus. Il avait une course à gagner contre le crime. Tu le soupçonnais de faire partie d'un organisme fondamentaliste qui lui assurait une succession de planques s'il acceptait d'être un cerveau parmi d'autres dans leurs opérations. « Il a sûrement accepté », me dis-tu, car tu ne le revis pas.

« Comment as-tu fait pour ne pas l'ouvrir ?

– Le risque n'était pas de l'ouvrir mais de survivre à ce que j'aurais appris. »

# 19

Plus tu t'obstinais dans ta réclusion, plus tes enfants s'entêtaient à vouloir t'en sortir. La maison blanche adjacente à la tienne avait été pillée et brûlée plusieurs fois. Le premier incendie avait eu pour but de brouiller les pistes, les suivants de te faire peur. Tes enfants t'envoyèrent des lettres de supplication. T'incitant à un départ imminent. Au début, tu répondais avec amour mais fermeté. Lorsqu'ils se montrèrent plus pressants et t'envoyèrent un messager, tu devins violente et envoyas une lettre à ton fils le conjurant de ne plus tenter aucune tractation de cette sorte. Après la venue du messager dans le quartier, tu avais dû calmer les suspicions des combattants, qui affluèrent pour connaître la réelle identité du visiteur, et sous-entendre qu'ils t'avaient à l'œil. Tu avais échappé de peu à une escalade de panique parmi ceux-là même que tu t'ingéniais à apprivoiser à grand renfort de diplomatie.

Pour en finir avec la pression des tiens, tu promis de partir après avoir évacué meubles et tapis. Tu t'organisas avec Ziad, le gardien de la maison blanche. Tu l'appelais « le roublard » et le soupçonnais d'aider aux pillages en détournant une part des biens pour lui. Avant d'être gardien, il avait été concierge. Lorsque l'immeuble où il travaillait s'était trouvé déserté par ses habitants, Ziad s'était retrouvé au chômage. Il s'était rendu chez les propriétaires de la maison blanche. La maison n'avait pas encore été pillée depuis que ses propriétaires étaient partis, en pyjama, une nuit d'apocalypse. Il voulait offrir de la surveiller. Il mit son costume du dimanche, les chaussures blanches de son mariage, la moitié d'un tube de gel, et se rendit dans un quartier de l'Ouest où s'étaient réfugiés les propriétaires. Ziad était ce qu'on appelle un homme à tout faire, tout réparer, tout débrouiller, moyennant quelques gratifications. Il commençait par vous dire que c'était pour vos beaux yeux, et puis vous vous rendiez compte de la cherté du service rendu. Ziad encaissait au final bien plus qu'un spécialiste. Les gens du quartier faisaient quand même appel à lui, par égard pour sa famille nombreuse. Chaque fois que le marchand de *kaaks* passait avec sa roulotte, Ziad le hélait de sa chaise installée sur le trottoir. « Eh ! Ahmed ! Ramène ta caisse par ici, j'ai une commande. » Il raflait une cinquantaine de *kaaks* bien chauds, et ne payait jamais avant de réclamer sa commission. Cinq *kaaks*. Il revendait le tout en majorant le prix à la hausse, surtout auprès de madame Yvonne, une dame décrépie par l'âge, qui gardait ses petits-enfants en semaine et payait à Ziad une avance sur les *kaaks*. Il ne lui rendait jamais la monnaie. Ahmed le surnomma « Ziad-dix-pour-cent ».

Connu pour sa débrouillardise en temps de paix, Ziad fut embauché en temps de guerre par les propriétaires de la maison blanche. Un plus offrant aurait pu le faire marcher sur la tête. Comme les propriétaires n'avaient pas le temps de démarcher un plus honnête que lui, ils se contentèrent de lui faire une offre assez avantageuse pour qu'il trouve plus rentable de surveiller la maison que de la livrer aux pilleurs. Ziad avait la poigne qu'il fallait pour garder éloignés les gens de son espèce. De temps en temps, il demandait un surplus de frais de garde, prétextant qu'il devenait ardu de graisser les pattes des miliciens chaque fois qu'ils rôdaient autour de la grande bâtisse blanche. Son manège tint jusqu'au jour où il entra en conflit avec la femme du propriétaire. À partir de ce jour, il ne demanda plus d'argent, ne marcha plus sur la tête et ne surveilla plus la demeure que d'un œil distrait. La maison fut pillée. Ziad cria au malheur. Les flammes ravagèrent la maison blanche. Elle devint grise.

Comme tu ne pouvais faire sans Ziad, tu fis avec lui, et avec l'aide d'une armée divisée en deux. Une armée à l'Est. Une autre à l'Ouest. Ton jardin avait deux grilles. Au commandant de la brigade de l'Ouest, tu laissais entendre que la maison était située chez eux et quémandais leur protection. Au commandant de la brigade de l'Est, tu disais l'inverse. Aux deux, tu glissais un bakchich sans que jamais ton geste en ait l'allure. « C'est pour vos familles », leur disais-tu avec naturel, soucieuse de leur rendre l'intégrité que la guerre leur volait.

Tu t'attelas durant plusieurs mois à ranger, classer, répertorier tes affaires dans des caisses. Tes tapis dans des balluchons improvisés dans de vieux draps. Tu évacuas le tout par convois de camions que des éléments armés dirigés par Ziad acheminaient vers l'Est. Un convoi après l'autre, le contenu de ta maison y passa. Tes enfants en prenaient livraison à l'arrivée. Ce ballet de caisses portées à dos d'hommes dura un an. Il avait fallu sortir les objets par petites vagues afin de n'éveiller aucune convoitise. Tu laissais une ou deux caisses remplies d'objets au-dessus du lot, à l'intention de Ziad et de ses hommes. Tu lui tendais une enveloppe au départ de chez toi et lui en promettais une autre à l'arrivée du convoi. Ziad fut d'une immense utilité. Roublard comme dix, il se faufilait au milieu du danger sans trahir ta confiance. De toute manière, sa femme n'aurait pas toléré que tu fasses les frais d'une trahison. Tu avais longtemps épaulé cette honnête femme du Sud tombée entre les griffes d'un Ziad dont elle venait se plaindre chez toi. Tu fis beaucoup pour leur couple. Raccommodant par-ci les torts du mari, rallongeant par-là la patience de sa femme. Avec le temps, Ziad finit par écouter son épouse. Essuyer ta colère eût été bien moindre que subir celle de sa femme. Il fila doux dans cette mission, non sans omettre de prendre sa part. Le pire fut lorsqu'il se présenta à toi avec un objet qu'il proposait de te revendre prétextant un commerce honnête. Tu reconnus l'objet. Une ceinture ottomane en argent massif. Ziad était atteint du syndrome du menteur emmêlé dans les trop nombreuses versions de ses mensonges. Tu n'attachas pas vraiment d'importance à son larcin. Tu lui proposas juste de mentir mieux une prochaine fois. Il était reparti tout penaud d'avoir été démasqué.

## 20

Lorsque tes objets furent tous évacués, tu écrivis : « Maintenant que je ne risque plus d'être pillée, je reste. » Ta décision déclencha un tollé qu'aucun n'exprima. Tes enfants savaient qu'il était vain de tenter de te déraciner. Tu disais n'avoir eu aucun mérite dans cette résistance que tu ne fis pas tant pour toi que pour tes disparus. Tu croyais aux interstices entre les mondes. Tu insistais pour m'expliquer la brise. Tu y voyais des mains. Des âmes. Les leurs, celles de tes disparus. Tu étais certaine de la provenance des vents dans le monde des vivants. Si bien qu'enfant, je ne sortais plus qu'en chapeau et foulard. Je développai une hantise des mains, du souffle, de la brise dans mon cou. Tu étais persuadée que le vent ramenait les âmes errantes sur des lieux qu'elles avaient aimés. Que la présence des absents était palpable. Qu'ils t'insufflaient force et sérénité dans cette résistance que tu avais décidé de mener. Tu considérais avoir, au moins pour eux, le devoir de préserver ta maison. Ne pas les priver de leur asile sur terre. Tu les mis à contribution. Tu avais été jusqu'à les positionner un peu partout dans ta maison. Ton père, mort d'un cancer, près de la grille principale, du côté Ouest du jardin. Tu lui avais donné pour mission de surveiller le va-et-vient de ceux qui faisaient intrusion chez toi. Un jour, il y eut deux *fidayins* qui échappèrent à sa vigilance, et tu le sermonnas. Comme on sermonne les âmes. Lorsque tu ne sentais plus sa présence, tu te mettais à le chercher partout. Tu le retrouvais souvent devant un nu de femme sculpté dans du marbre blanc. Lorsqu'il t'apercevait, il prenait un air penaud. Médecin de profession, il avait été sculpteur à ses heures perdues. La statuette était de lui. Tu reconnaissais sa présence à l'émotion qui t'envahissait chaque fois que tu passais à côté du grand miroir de ton entrée. Le reflet de cette sculpture dans la glace te faisait immanquablement penser à lui. Avec l'usure et le temps, le blanc de la pierre avait viré au blond.

À ta grand-mère, tu avais suggéré comme poste de surveillance ton salon, du côté de la grande baie vitrée, celle qui donne sur l'immeuble d'Abou Joseph. La nuit, tu devisais en prière avec tes morts ralliés à ta cause, et faisais le bilan de ta journée. Lorsque tu vins à bout de l'incendie de ta bibliothèque, tu fus persuadée que c'était ta grand-mère qui t'avait donné la force de l'éteindre. C'était l'heure de la sieste. L'après-midi s'était déroulé sans trop d'accrochages. Rien ne te prédestinait à aller dans ton salon. Tu t'étais laissée mollement tomber dans le sommeil. Tout était calme. Trop calme. C'était compter sans la balle incendiaire d'Abou Joseph. Tu fus extraite de ton lit si brusquement que tu associas ton réveil à des forces occultes.

Aucune fumée ne t'avait alertée. Aucun bruit non plus. Abou Joseph avait mis un silencieux à son arme. Ce n'était qu'un embryon d'incendie, commencé dans ton rêve. Le visage de ta grand-mère comme une apparition. Tu étais persuadée que c'était elle qui t'avait tirée du lit et poussée à jeter un coup d'œil du côté de son poste d'observation. Lorsque tu vins à bout de l'incendie, tu fis un clin d'œil du côté de ton ancêtre, près de la grande baie vitrée, pour la remercier. Elle s'était assoupie, épuisée par l'effort que ça lui avait coûté de passer d'une rive à l'autre. Abou Joseph, pensa que le clin d'œil lui était destiné. Il réajusta ses jumelles pour mieux voir. Tu étais déjà partie.

## 21

Lorsque mon père fit irruption dans la pièce, sa colère était clairement palpable. Il fulminait. Il m'affirma avoir envoyé Anita plus d'une fois pour me rappeler à l'ordre. À part le plateau de capucines, je ne m'étais rendu compte de rien. J'organise ton absence dans un brouillard informe de souvenirs dont mon père s'obstine à m'extraire. Chaque fois qu'il entre dans la pièce, j'ai l'impression de tomber d'un immeuble de mille étages.

« Tu as fini avec ta tête de zombie ? Rassemble tes idées et viens. La tristesse est un sentiment qui ne renvoie qu'à toi. Tu n'es pas la seule avec ta perte. Nous sommes plusieurs dans le même cas. Alors viens.

– Oui, mais ma perte est à moi. Comparable à aucune autre. Rien ni personne... »

Je parle dans le vide tandis que mon père ressort. Je l'ai suivi comme on passe d'un monde à l'autre, fracassée et décousue. Chaque fois que je réintègre ton salon, je croise les yeux de mon père, en poste comme un agent de la circulation. Les chaises, disposées en enfilade le long des murs, me font penser au jeu des chaises musicales. Tu ne refusais aucun de mes caprices et te soumettais à tous mes jeux. Celui-ci t'indisposait particulièrement car je te faisais tourner longtemps avant d'arrêter la musique. Tu rigolais, courais, t'essoufflais et t'affalais en expirant : « Je n'ai plus vingt ans ! » J'ai cru que je n'atteindrais jamais l'âge de m'affaler. Hier encore, je mangeais des sucres d'orge sur ton canapé. Aujourd'hui, je me retrouve à faire le constat du temps qu'il reste peut-être. Lorsque je m'avance dans le hall, je suis impressionnée par le désert ambiant. Des chaises vides sans corbeaux. La charogne et le danger ne font pas bon ménage. Les obus avaient eu l'avantage d'écourter les condoléances. Je trouve Fida assise sur une chaise comme un moineau sur le bord d'une fenêtre. Nous pouvons entendre les déflagrations. Aucune de nous deux ne sursaute. Voilà bien longtemps d'ailleurs que plus personne ne sursaute. Mon père me surveille du regard. Je n'ai jamais compris ce besoin culturel de partager la douleur, à plusieurs comme on vit. Jamais comme on meurt.

Héritée de mes premières années de mariage, Fida faisait partie de ces amies gardées un peu par charité et beaucoup parce qu'on n'a pas le choix. Rien ne nous prédestinait l'une à l'autre : Fida était le contraire de moi, mais nos maris respectifs étaient liés depuis l'enfance. La première fois que je vis Fida, je ressentis de la compassion pour son air de poupée traquée chaque fois qu'elle disait bonjour. Fida avait choisi son sex-appeal. Sa mère avait beaucoup misé sur sa beauté et l'avait encouragée à monter une arnaque au mariage. L'ami de Fayçal avait créé sur internet un site de rencontres sur lequel Fida avait ouvert un compte un après-midi d'ennui. Elle n'avait lésiné sur aucun détail, mettant une semaine à décider d'un pseudonyme et à choisir une photo aguicheuse. L'effet ne s'était pas fait attendre. Elle fut aussitôt contactée par l'ami de Fayçal qui se précipita sur la recrue avant qu'un autre ne l'accoste. Ils se plurent aussi vite qu'ils se donnèrent rendez-vous. Nouvelle sur le site, Fida était encore dupe. Il eut à peine le temps de la flatter qu'elle tomba dans ses filets, tout étonnée qu'un directeur de start-up s'intéresse à elle. « C'est qu'il en a de la matière grise, mon mari », gloussait-elle après l'avoir épousé. L'ami de Fayçal avait tout de suite cédé au charme d'une famille au pedigree bourgeois. La première fois qu'il vit la demeure familiale, il sut qu'il épouserait Fida. Il avait oublié de ne pas se fier aux apparences. La maison tombait en ruine de l'intérieur. Vu de l'extérieur, tout tenait en place. Il leur fit miroiter une start-up évaluée à plusieurs millions de dollars. Il n'eut pas besoin d'en dire plus pour avoir Fida. Lorsque l'ami se rendit compte de l'état gravement désargenté de la famille de sa fiancée, il était trop tard. Elle avait la bague au doigt, et le mariage avait été célébré en grande pompe. Son désenchantement survint aussi vite que son emballement. Pour amortir sa frustration, il fit d'elle son souffre-douleur. Un soir de dispute, il la mit à la porte en chemise de nuit, et lui ordonna de ne revenir qu'avec une dot. Elle passa la nuit sur le palier, noyée dans ses larmes, son portable collé à l'oreille et moi, à l'autre bout du fil. L'arnaque ne fut pas unilatérale. Même simplette, Fida finit par se rendre compte de la richesse seulement virtuelle de son époux et dut dire adieu à ses rêves de sacs, de toilettes et de parfums. La start-up fut cotée à la baisse. Son mari perdit tout et repartit de zéro. Je ne sus jamais ce qui rendait Fida plus malheureuse, les sévices que lui infligeait son mari, ou ce zéro qu'elle devait assumer auprès de ses amies « mieux » mariées. Je ne la rabrouais jamais lorsqu'elle venait chez moi se confier à grands coups de : « Je lui montrerai. Il verra. Pour qui me prend-il ? Un jour, je le quitterai. Je le jetterai. Comme une vieille chaussette. Je lui casserai la gueule. Il verra. » Elle vomissait ses menaces comme une bétonneuse déchargeant son magma. Elle arrivait au pire moment de l'après-midi, lorsque je faisais étudier mes enfants, menaçait avec de grands gestes et retournait souffrir chez elle. Mon fils apprenait à écrire. Un semestre plus tard, je fus convoquée en conseil de classe pour ses résultats médiocres. Je demandai à Fida de changer ses horaires de visites.

Fida ne voulait rien analyser en profondeur et n'investissait ma maison que pour pleurer. Lorsque je lui avais annoncé mon divorce, Fida s'était aussitôt murée dans un mutisme de plusieurs minutes. Elle n'avait rien vu venir. Obnubilée par ses malheurs, il ne lui était jamais venu à l'esprit de s'interroger sur le bonheur des autres. « Ça va ? Tu vas bien ? » lui avais-je dit en la secouant. Fida était restée bouche bée. Elle s'était évanouie. Lorsqu'elle était revenue à elle, elle m'avait trouvée à ses côtés avec un verre d'eau. Fida avait feint un malaise et prétexté un départ imminent.

« C'est tout ce que tu trouves à faire ? Partir ? Je t'annonce mon divorce et toi, tu te barres ? » lui avais-je dit. Fida avait fait mine de ne rien entendre et avait continué de ramasser ses affaires. Avant de partir, elle s'était tournée vers moi : « Es-tu bien certaine de ce que tu fais ? » avait-elle ajouté.

Depuis ce départ précipité, un après-midi d'automne, je ne l'avais pas revue. Pas même un coup de fil. Comme si le seul mot de « divorce » avait pu la contaminer. La liberté est insupportable aux yeux de ceux qui se résignent. Fida se recroquevilla sur elle-même à la nouvelle de mon divorce et ne fut pas la seule. Ils sont nombreux à évincer le célibat de leurs salons. C'est pestiféré une divorcée. Ça menace les époux et instaure un climat de méfiance. Les hommes interdisent à leur femme de fréquenter leurs congénères abonnées à la liberté permanente. Les femmes sortent leurs griffes manucurées et pissent autour de leur mari pour bien marquer leur territoire. Fida resserra son attention sur le naufrage de son couple, terrorisée à l'idée de perdre un mari que le divorce tentait déjà. Elle me renia mille fois avant, après, et durant le chant du coq. Le mari, ayant compris l'angoisse de sa femme, ne lui parla plus que de divorce, la menaçant d'un avocat pour un oui, pour un non. Pour un plat raté. Pour une facture d'électricité élevée. Elle n'entendait plus que ce mot. Avocat. Chaque fois qu'il le prononçait, la pauvre redoublait d'efforts, morte de peur à l'idée de finir à la rue. « Tout, plutôt qu'un retour chez ma mère. Humiliée par un mari vaut mieux qu'un retour au sein de sa famille. Je n'aurai jamais les moyens de me débrouiller seule. Je préfère rester sous sa botte plutôt que d'en changer », disait-elle du temps où elle se justifiait de subir. Fida m'abandonna à mon sort de lépreuse.

# 22

« Qu'est ce que tu es venue faire ? » lui dis-je en m'installant à côté d'elle dans ton salon. « Je croyais qu'on n'avait rien à se dire. » Prise de remords, j'ai ajouté : « C'est gentil quand même. » Ma voix est aride.

« Je suis venue m'excuser. » Je garde le silence. Fida enchaîne. « Tu habites où depuis que tu as quitté Fayçal ?

– Hamra. J'habite Hamra. » Je jette mes réponses comme on balance des grains dans une basse-cour en regardant ailleurs.

« Ne me dis pas que tu as quitté Fayçal pour vivre à l'Ouest ? dit-elle.

– Pourquoi ?

– Comment ça pourquoi ? Parce que tu ne peux pas faire ça !

– Pourquoi ?

– Parce que ça voudrait dire que la guerre n'aura servi à rien.

– De toute manière elle ne sert pas. »

À peine me suis-je tue qu'elle m'empoigne le bras et le secoue. Elle veut me sortir de mon abattement.

« Ça va ? insiste-t-elle.

– Non. Ça ne va pas. La mort, tu connais ? Sinon, ton mari ? Tu en es où ? Ça s'est arrangé ?

– Arrangé ? Pourquoi arrangé ?

– Comment ça pourquoi ? Tes problèmes ? Tu en es où ?

– Oh, tu sais, finalement on les grossit. Ou on les amoindrit. C'est nous qui les créons. Tout est dans la tête. J'ai réalisé que je n'avais aucun problème. D'ailleurs je n'en ai jamais eu. »

C'est à croire qu'elle a changé de cerveau. De mémoire. De vie. J'enchaîne : « Tu veux me dire que toutes ces années de jérémiades, tu nageais dans le bonheur ?

– Écoute, je ne sais pas de quoi tu parles. Je pense que tu transposais tes problèmes et me transmettais tes mauvaises ondes de future divorcée. Maintenant, tout ça est derrière moi, je te pardonne. Sache que je suis contente d'apprendre que tu t'accommodes de ta vie. Moi, j'ai choisi l'abnégation. Il y a du bonheur à se résigner. Je n'ai jamais été aussi heureuse. Je découvre qu'on peut aimer dans le sacrifice. Mon mari a changé depuis que je lui prouve que je l'aime sans rien attendre en retour. »

En voie de canonisation, Fida me faisait l'aumône de son pardon. J'ai pris une longue inspiration, bien décidée à lui servir une tirade qu'en expirant j'ai gardé pour moi. Son expression de prêtresse de l'amour en pleine envolée lyrique m'a coupé tout élan. Le sacrifice version khôl et mascara. Je me suis contentée de lui dire au revoir.

« Et maintenant, Astarté de l'an 2006, je te prie de m'excuser. Je dois m'adonner à mon culte de mortelle. Les condoléances.

– Astarté ? C'est qui celle-là ?

– Rien. Personne. Ou plutôt si. C'est une déesse de l'amour chez les Phéniciens qui était adulée par des prêtresses pratiquant la prostitution en offrande à son culte. » Fida est restée plantée sur sa chaise. Il me faut un verre d'eau tout de suite. Je me lève et me dirige vers la cuisine.

J'e me heurte à mon père.

« Il y a quelqu'un pour toi. Un étranger je pense. Il est là depuis un moment, dit-il en me désignant de la tête un homme dans la trentaine, assis dans le salon oriental aménagé à droite de ton salon Art déco.

– Mais enfin qu'est-ce qui t'arrive papa ? La seule concernée est morte, et toi tu t'occupes de faire la conversation aux vivants.

– C'est comme ça, répond-il. Une tradition est une tradition. »

La guerre aussi en est une. Je me retiens de répliquer et m'avance à contrecœur vers cet homme que je ne reconnais pas. Grand de taille, il a les épaules larges et des jambes trop longues repliées sous son siège.

Je prends place à côté de l'homme. « Nous avons été présentés ?

– Je ne pense pas. Qui êtes-vous ? répond-il avec un accent marseillais à couper au couteau.

– Je suis la petite-fille de la défunte. Et vous ?

– Ah. Moi, je suis venu pour elle. » Il pointe le visage en direction du vide comme on pointe l'absence. « Et je l'ai ratée. Maintenant, tout ça n'a plus de sens. »

Après un temps qu'il a dû juger suffisant, il se lève, se tient debout devant moi, très droit dans son jeans. Je me rends compte de sa tenue peu conventionnelle pour des condoléances. En jeans et baskets, rendus un peu plus formels grâce à un blazer noir. Il reste figé, visiblement embarrassé de ne savoir que faire de sa taille. Il me tend la main en guise d'au revoir. Je me lève et le salue. Sa main est moite. Son geste rigide et gauche.

« Mademoiselle. Enchanté et désolé d'avoir raté ça de peu. Je veux dire : sa vie. »

Il fait volte-face et traverse le salon en direction de la sortie. Je le talonne et croise les yeux de mon père qui suit notre manège. Lorsqu'il arrive à l'entrée, l'homme se tourne vers moi une dernière fois. Je m'empresse d'ajouter : « Vous ne m'avez pas dit qui vous êtes. Ce que vous faites. » Il semble pressé de disparaître.

« Une femme. J'étais venu chercher une femme. Je suis photographe, ajoute-t-il après une fraction d'hésitation.

– Et ?

– Et rien. Je fais un reportage sur la femme au Liban.

– Vous travaillez pour quelle revue ?

– Aucune. Je travaille à mon compte. »

Il fait un dernier signe de la main avant de descendre les marches. Ses yeux de photographe ont glissé sur moi comme sur du néant. Ma féminité en a pris un coup. Ton aura prend toute la place. Le mystère autour de cet homme, manifestement marseillais, m'intrigue. Que fait-t-il chez toi alors qu'il ne connaît personne ? Il est reparti aussi bizarrement qu'il était apparu. Je reste seule avec mes interrogations, referme la porte et me dirige vers la cuisine.

## 23

DANS LA GRANDE PIÈCE CENTRALE de la maison qui te servait de cuisine, se tassent une cinquantaine d'employés venus présenter leurs condoléances à Anita. Jamais je n'ai vu autant de monde dans un aussi petit réduit. Dans un recueillement à donner la foi à un athée. Parmi les employés, essentiellement des femmes. Des Philippines en nombre, deux Malgaches, une Sri-lankaise, les enfants d'Anita et son mari. Toute une communauté d'artisans du silence. Ceux-là dont tu connaissais les histoires. Les misères. Les noms. Tu avais fait de ton chez-toi un refuge pour soulager les ambassades, débordées par les plaintes de domestiques abusés. Tu proposais dans l'urgence le gîte et logis à ceux que le système rejetait. Tu te souvenais d'une Philippine que sa patronne, obnubilée par sa cellulite, réveillait en pleine nuit afin qu'elle lui masse les fesses à intervalles irréguliers. Tu te révoltais contre le sort de ces déracinées réduites en esclavage. La fois où Anita te présenta Cécilia, apeurée, engrossée et battue par son patron, tu te rendis toi-même à l'ambassade pour porter plainte. Le consul, impuissant, ne trouva rien de mieux que de te proposer le rapatriement de l'employée.

Dès que le Passage du musée le permit, tu tins promesse, payas un billet d'avion au fiancé d'Anita, et marias le couple. Tu organisas une cérémonie et fis toi-même le gâteau. Une pièce montée de plusieurs étages comme dans les rêves d'Anita. Elle se maria, fit l'amour sous ton toit, et eut deux enfants dont tu t'occupas comme de ta propre chair. J'accourais vers toi en coupant court à mon élan aussitôt que je voyais les enfants d'Anita sur tes genoux. Dans tes fauteuils. Pieds nus sur ton lit avec leurs yeux bridés. Intérieurement, je les accusais de détournement d'amour. Extérieurement, je faisais comme si de rien n'était. Tu devinais ma réaction sans rien changer à ton désir d'aimer partout. Je voulais l'exclusivité de ton regard. « Nous n'ôtons rien en ajoutant », disais-tu. « Aime l'amour de tout ton être. Elle est là l'équation de la vie. » Lorsque je me sentais flouée d'avoir cédé une part de gâteau à qui refusait de me rendre la pareille, je me précipitais vers toi pour me plaindre, tu répliquais : « Lorsque tu donnes, tu n'es pas heureuse ? » Je réfléchissais avant d'acquiescer. « Alors n'as-tu rien reçu ? » Tu n'imposais rien. Je repartais de chez toi avec des interrogations en vrac.

# 24

Les condoléances ont pris fin. Beyrouth est sans issue. Le blocus rondement mené, et ton salon évacué.

Trois jours que tu n'es plus. J'ai refusé de migrer en sens inverse des obus. Je suis restée au cœur de la capitale bombardée. J'ai voulu suivre tes traces. Rester engage peu de risques. Les avions ont pour cible le Sud, fief du Hezbollah. Ta maison est située au centre de la capitale, à l'écart des obus. Mon père n'est pas de mon avis. Il est venu me trouver dans ton boudoir où je me réfugie désormais. Il s'oppose à l'obstination aveugle que je manifeste. Le ton monte. Sa voix domine la pièce. Avec le temps, et la distance, on tient tête autrement. « Une irresponsable, me hurle-t-il, voilà ce que tu es. Le pays est en feu, tes enfants t'attendent et, toi, tu te morfonds dans ta tristesse. Tu te dois à eux. C'est ce qu'elle t'aurait dit si elle était toujours là. » Je ne réponds pas, de peur qu'il ne s'étrangle. Il crie. Il ressort en claquant la porte, me laissant seule dans ton boudoir. Le téléphone sonne. Je décroche. Personne. Je reste un moment à interpeller le vide avant de raccrocher. Ce coup de fil est salutaire. Je remarque un tas de petits papiers sous le téléphone. L'appareil avait servi de presse-papiers. Je les déplie les uns après les autres. Des petits bouts de vie sur lesquels tu avais noté des riens. Des coups de fil à ne pas oublier. Alors que je fais le tri, je déplie une lettre, en tête de laquelle il est marqué : *Lettre à l'absent.* Sur le dos du papier un poème d'Éluard.

*Le front aux vitres comme font les veilleurs de chagrin*
*Je te cherche par-delà l'attente*
*Par-delà moi-même*
*Et je ne sais plus tant je t'aime*
*Lequel de nous deux est absent*

Je me suis demandé pour quelle absence ce poème avait été écrit. Je me penche pour ramasser d'autres papiers et tombe sur une vieille photo en noir et blanc datée de 1962 et représentant une statuette phénicienne. La photo est attachée à une série de coupures de journaux. Des articles signés par un certain R.D. et datés de 2003 à 2006. R.D. est un jeune étudiant très impliqué dans une affaire de restitution de pièce archéologique entre le ministère libanais de la Culture et les autorités françaises. Dans les articles, il est question d'un prisme à six pans aux inscriptions cunéiformes datant de l'époque sumérienne et mis en vente à Drouot en 2003 par un particulier. Aussitôt informé, l'État libanais avait réclamé l'arrêt de la transaction et la restitution de la pièce dont la provenance déclarée était Kumidi, site actuel de Kamid el-Loz dans la Bekaa. En vertu des mesures légales de préservation du patrimoine archéologique libanais, mises en place dès 1985, le ministère libanais avait considéré la pièce comme provenant de fouilles clandestines et des pillages abusifs que le site, livré à lui-même durant la guerre, avait subis. À première vue, il me semble que la statuette sur la photo en noir et blanc est la même que celle du prisme sur les coupures de journaux. La photo est trop abîmée pour que j'en sois certaine.

Ce prisme, d'une hauteur de dix-huit centimètres, faisait beaucoup parler R.D. Ses articles ne laissaient rien au hasard. Passionné de fouilles et de pillages archéologiques, il avait régulièrement publié. Dans des revues universitaires. Des quotidiens arabes, francophones, anglais. Tu avais répertorié chaque coupure. Ta passion n'avait jamais de limites. Dans le cas de R.D., je n'ai pas su à quoi attribuer ton engouement à collectionner tout ce qu'il écrivait. Était-ce en rapport avec Kumidi, avec le prisme, l'écriture cunéiforme, R.D. lui-même, ou avec cette région du Liban jadis chef-lieu d'une enclave administrative égyptienne en plein cœur de l'Empire sumérien, plaque tournante et commerçante entre la Palestine et l'Égypte ? Tu avais inscrit au crayon mine cette phrase de l'historien S.N. Kramer : « L'histoire commence à Sumer. » À côté, tu avais ajouté : « Y finira-t-elle aussi ? »

J'ai ressenti un besoin urgent de légèreté, suis descendue dans ton jardin, et n'y ai trouvé qu'une impression de densité, encore. Déjà sur l'escalier. La pérennité du vert. Du feuillage. Je me suis arrêtée dans la petite allée de pierres que tu avais disposées. Ali, ton jardinier, avait beau s'inquiéter pour ton dos, tu t'accroupissais sans te ménager pour t'assurer de l'emplacement de chacune. La perspective devait, pour te satisfaire, être au service de la beauté. Tu appelais cette alliance « les noces des yeux et de l'âme ». Chaque matin, tu te tenais debout sur ton balcon surplombant magnolias blancs et lauriers roses. « Merci mon Dieu. Pour la santé, la beauté, le pur et l'impur. » Jamais je ne sus quel dieu tu invoquais. Il devait être tien, car je ne l'ai trouvé nulle part.

J'ai pris le chemin que nous empruntions ensemble, le long de l'allée, sous la tonnelle en béton inondée de jasmins blancs. J'aperçois une silhouette. Je me rapproche et distingue un homme d'une carrure imposante assis sur un de ces nombreux bancs de pierre que tu avais installés. Je ralentis le pas. L'homme sous la tonnelle ne m'a pas sentie approcher. Il ne bouge pas et fixe le sol, un dossier posé sur les genoux. Je crois reconnaître la silhouette. L'homme se retourne. Je ne me suis pas trompée. Le photographe marseillais est revenu sur les lieux.

« Vous êtes entré comment ? » lui dis-je.

– La grille était ouverte. Je suis rentré. Veuillez m'excuser. Je n'aurai pas dû. »

Il bredouille et se lève. Je lui tends la main, le salue et m'installe sur le banc à côté de lui. Il se rassoit. Une déflagration le fait sursauter. Un obus, tout près de l'aéroport. Puis un autre. Le dossier tombe à terre. Il se précipite pour le ramasser.

« Vous faites des reportages ? » lui dis-je. Il esquive. J'insiste. « Vous êtes reporter ? Vous tombez bien. Vous êtes arrivé quand ? Avant ou après la fermeture de l'aéroport ? Vous comptez rester ? Les ressortissants étrangers sont en train d'être évacués par leurs ambassades. Que faites-vous encore ici ? » Je m'exprime par saccades. Je veux toutes les réponses à la fois. L'homme hésite un instant avant de prendre la parole d'un ton presque absent. Il murmure : « Je vous ai menti. Je ne suis pas photographe. » Il articule à peine. Je lui fais répéter sa phrase. Il se racle la gorge. « Je ne suis pas photographe. Je suis venu pour une autre raison. » Il parle en pesant sa respiration et enchaîne d'un ton presque vindicatif. « Dites-m'en plus à propos de cette femme. » Il réclame des détails comme si ta vie était son dû. Je n'avais jusque-là échangé avec lui que le strict minimum. Je trouve son désir d'en savoir plus intrusif. « Les gouffres ne se racontent pas. » Il sourit comme s'il comprenait et enchaîne : « J'aurais pu être son fils. Mais je suis l'enfant d'une autre. Ma mère et votre grand-mère ont eu un homme en commun. » Je ne réponds pas tout de suite. Je suis perdue dans cette liaison par intermédiaire. Il répète d'une voix plus basse comme un refrain. « Je suis l'enfant d'une autre. Ma mère et votre grand-mère ont eu un homme en commun. » Un homme en commun. Je deviens véhémente.

« Si vous insinuez que votre mère a été la maîtresse de mon grand-père, je peux vous affirmer que ma grand-mère, veuve à trente-et-un an, a vécu un amour rendu au centuple par un mari qui l'adulait. Elle lui a juré un veuvage éternel, convaincue que le bonheur ne revient jamais au même endroit. Elle ne m'aurait pas menti. Elle savait comme on souffre des illusions. Leur amour n'était pas un mythe. Je me porte garante de la fidélité inconditionnelle qu'ils se vouaient. Mon grand-père ne l'aurait pas trompée de crainte d'en avoir la queue tranchée. Je vous trouve bien audacieux de parler de morts qui ne peuvent se défendre.

– Qui vous parle de votre grand-père ? Je vous parle de mon père. »

Si j'avais pris la peine de calculer l'âge de mon interlocuteur, j'aurais su qu'il ne pouvait être le fils de ton mari puisqu'il était né bien après sa mort. La révélation de cet inconnu me laisse coite. Il t'attribue une idylle avec son père, qui n'était pas ton mari. Il continue. « Je n'ai jamais remis en doute l'amour de vos grands-parents. Je vous parle de celui qu'elle a voué à mon père. Ils se sont rencontrés en 1947 sur le pont d'un bateau qui les emmenait vers l'Italie. J'ai avec moi le carnet de voyage de mon père. Il avait tout noté. Leur tout premier regard, et les suivants. » J'ai besoin d'informations succinctes. Brèves, mais efficaces comme la mort.

« Qui est votre père ? lui dis-je.

– Jamais vu. Pas connu.

– Comment ça, jamais vu ?

– Avant de vous rencontrer, j'ai passé sept jours et sept nuits à lire tout ce que je pouvais trouver concernant cet homme qui dit être mon père. Youssef D., alias Josef El Afortunado. »

## 25

L'HOMME ME DEMANDE LE DROIT de parler sans interruption. Je ne sais combien de temps nous sommes restés sous la tonnelle. Je le regarde parler, s'emballer, s'emporter, tortiller son dossier dans ses mains, de temps en temps l'ouvrir, en tirer des papiers, des lettres, des photos. Il a fait tout le voyage avec pour seul butin un dossier qu'il semble pressé de me remettre.

« Votre grand-mère, me dit-il, avait des yeux perçants. Tristes. Mais perçants. C'est écrit ici. » Il me montre des notes ayant appartenu à Youssef D. Je ne comprends pas le rapport entre l'homme, son présumé père, et toi. Ton portrait dans le récit d'un inconnu. Je n'ai cru à la véracité de ses propos que lorsqu'il a sorti de son dossier une vieille photo de toi toute striée. « La seule que j'ai », s'empresse-t-il de répondre à mon regard avide. Toi, en deux dimensions, et des stries. Sur ces vieux papiers couchés d'antan. Debout, près du bastingage d'un bateau.

Tu avais rencontré Youssef D. à l'orée de ta trentaine. Tu étais seule, et veuve, avec un cœur languissant. Tu étais partie en croisière comme on se fait violence. Une gifle administrée aux tristesses qui ne vous lâchent pas. Ta belle-mère t'avait encouragée au départ. Elle ne voulait pas que tu portes le deuil de son fils toute ta vie. Cette femme, à la poitrine aussi généreuse que le cœur, t'accueillait de sa voix rauque et haletante chaque fois que tu te rendais chez elle. Elle se précipitait vers toi et te prenait dans ses bras blancs, dodus et parfumés. Elle avait une odeur d'ambre et une peau flasque et douce qui te faisait penser aux plumes d'oie. Elle t'avait forcé la main un après-midi de mars 1947, était arrivée chez toi avec ses affaires et t'avait annoncé qu'elle ne repartirait qu'après ton retour d'un voyage. N'importe lequel. Tu n'en avais planifié aucun. Déterminée, ta belle-mère s'offrait le gîte contre la garde de tes enfants et ne te laissait d'autre choix que d'aller à l'agence de voyages la plus proche. Tu le fis pour ne pas froisser cette femme aimante malgré ses méthodes militaires, convaincue aussi qu'il te fallait partir un peu. Tu trouvas une place sur une croisière pour l'Italie avec escales à Haïfa, Alexandrie, Tripoli, Tunis. Un trajet en Méditerranée orientale jusqu'à Naples. Tu fis tes bagages et pris le large. Ton premier voyage en solitaire.

Alors que le fils de Youssef D. parle, un de tes cahiers de route me revient en mémoire. J'étais tombée dessus en fouillant ton boudoir et l'avais parcouru distraitement. Tu y relatais une croisière, décrivant dans le détail chaque port comme on photographie par l'écriture. « Haïfa la magnifique avec son port en forme d'amphithéâtre et ses lumières bleues en enfilade le long de sa côte. Au loin le flanc du mont Carmel que surplombe le mausolée du Bâb, lieu saint de la foi bahaïe. » Je ne connaissais rien de cette foi avant de croiser les yeux de Maziar. Un chauffeur de taxi rencontré à Roissy. J'avais fait la queue comme tout le monde, parmi un flot de passagers. C'est une gageure de faire la queue pour un Libanais abonné au chaos du « Pousse-toi que je m'y mette », propre aux pays en guerre. Je reconnus tout de suite la nationalité de Ritta à sa manière de faire la queue. Avec impatience et ostentation. Ritta se tenait juste derrière moi. « *Ya Allah !* je vais encore être en retard à mon rendez-vous. » Elle expirait, transpirait, gesticulait, regardait autour d'elle, consciente d'être vue et espérant trouver une âme complaisante et désireuse de lui céder une place. Il y en eut un avec assez d'humour pour lui céder une place à l'arrière. Elle trouva la blague de mauvais goût et continua de souffler. Sans cette haleine dans mon cou, je n'aurais pas plié. Comme je voulais en finir avec les jérémiades de l'énergumène sur talons, je me retirai de la file en lui faisant signe de prendre ma place. Ritta ramassa sa mallette et avança en roulant des hanches, les lèvres en cul-de-poule. Je repris ma place dans la queue juste derrière elle. L'échange de place l'avait fait taire. Au moment de monter dans son taxi, elle s'était tournée vers moi. « Merci pour la place, dit-elle. Moi, c'est Ritta avec deux *t.* » Je ne compris pas le besoin de spécifier combien de *t* elle mettait à vivre. Un seul aurait suffi. Je m'étais contentée de sourire. Ritta était déjà en route.

Aussitôt emportée par un autre taxi, je fus captivée par les yeux de Maziar, le chauffeur. De grands yeux aux cils retournés d'un noir si intense qu'on les aurait dits dessinés au khôl. J'avais du mal à détourner les yeux de son regard dans le rétroviseur et me félicitai d'avoir cédé ma place à Ritta. Le hasard n'existe pas, pensai-je. Cet homme m'était prédestiné. Maziar engagea la conversation et me demanda si j'étais iranienne. Israélienne. Espagnole. Italienne. Syrienne. Irakienne. Je hochais la tête en guise de négation. Il énuméra tous les pays d'Orient et de la côte méditerranéenne avant de tomber sur le Liban. « Iranien, se présenta-t-il. Moi, je suis iranien. Êtes-vous croyante ? » Je me serais révoltée contre l'indiscrétion de sa question sans le magnétisme de ses yeux.

« C'est-à-dire que je voudrais trouver quelque chose quelque part qui ressemble à la foi, bredouillai-je.

– Se rendre compte qu'Il est caché, répondit-il, c'est déjà croire en Son silence. »

Il me parla du fondement premier du bahaïsme. De la séparation du spirituel et du temporel. De l'incompatibilité du pur amour avec les lois des nations. De la séparation de l'être et du pouvoir. Il citait les prédications du fondateur, les unes après les autres.

Pendant que sa voiture tournait dans Paris, Maziar faisait l'éloge de cette foi dissidente du chiisme et proche des grands courants mystiques. Du mausolée du Bâb mis à la disposition des fidèles du monde, toutes religions confondues. De ce haut-lieu de pèlerinage bahaï destiné également à servir d'asile. Toute personne, munie de sa seule foi et de son livre saint, pouvait avoir accès au temple. Aussi bien chiite, bahaï, sunnite, juif, chrétien, druze, que bouddhiste. Il était fier que sa religion jeune de deux siècles n'ait commis ni massacres ni exclusions.

Lorsque j'avais quitté Maziar et Paris, j'étais décidée à me rendre à Haïfa en pèlerinage au mausolée du Bâb. Dès mon retour à Beyrouth, je t'en avais parlé. Tu ne m'avais pas touché un mot de la croisière que tu fis. Jamais d'ailleurs tu ne me parlas de ce voyage. Tu t'étais contentée de sourire tristement en me disant : « Ça risque d'être difficile. » Lorsque j'en avais parlé à mon père, il s'était tapé les mains contre la tête. « Il ne manquait plus que ça. Ma fille, chrétienne, en pèlerinage dans un temple musulman en Israël. Faut-il vraiment que tu sois plus têtue que les murs d'une prison ? » Il s'empressa de me mettre au courant des lois existant sur le territoire libanais depuis la guerre. Il me parla de ce petit Liban épousant sans fin les passions des autres. Plus royaliste que le roi. Plus arabe que les Arabes. Plus américain que les Américains. Plus anarchique que l'anarchie. « Dans ce Liban-là, dit-il, il y a des lois que tu ne peux pas outrepasser. Si tu te rends à Haïfa, tu ne pourras plus remettre les pieds au pays autrement qu'en prison. Suspectée de complot avec l'ennemi. » Comme j'insistai, il haussa le ton. « Une fourmi, tu m'entends, si tu écrases une fourmi israélienne en terre d'Israël et que tu ramènes tes semelles ici, tu es passible de prison pour fricotage avec l'ennemi. » Il termina en m'expliquant que si je m'entêtais ce serait à mes risques et périls. Mon père n'était pas prêt à s'encombrer d'une taularde dans un pays où trouver des preuves contre une inculpation équivalait à chercher une aiguille dans une botte de foin. Moi qui voulais d'un temple pour me réconcilier avec le visage manquant de Dieu, qui rêvais de me rendre en pèlerinage en terre neutre, j'étais vernie.

# 26

Le fils de Youssef D. ne se lasse pas de raconter Haïfa. Son présumé père en avait noté chaque détail dans son cahier. Avec ses réflexions politiques et sa crainte de voir l'Orient sombrer dans une guerre sans fin. C'était en 1947. La Palestine était encore sous mandat britannique. Il était resté longtemps, debout contre le bastingage, à regarder le port au loin, illuminé de lumières bleues comme autant de lucioles. Dans son carnet, il parlait essentiellement de cette femme debout à côté de lui. Toujours droite, avec une cape jetée sur ses épaules. Elle regardait l'eau s'écraser sur la coque puis se lisser doucement. Ça la consolait de voir que tout s'estompe. Cette femme, c'était toi.

Tu avais mis du temps avant d'accepter la compagnie de cet homme, rôdant autour de toi depuis votre départ de Beyrouth. Il s'asseyait derrière toi sur le pont. Une chaise longue en retrait de la tienne. Une table au restaurant de l'autre côté de l'allée, alignée sur la tienne. C'était peu avant que vous n'engagiez la conversation. Tu mis une semaine avant de faire le signe qu'un homme attend pour oser une approche. Tu l'avais simplement regardé en remontant la passerelle après une escale à Alexandrie. Le bateau avait mouillé au port pour la nuit. Tu t'étais levée tôt pour te rendre en ville à la recherche d'une librairie. Tu aurais donné ta vie pour un livre. Tu t'approvisionnas en bouquins pour le reste du voyage. Une provision qu'il te vit rapporter, conquérante, alors que tu remontais sur le bateau.

Avec Youssef, tu partageais le goût des œuvres d'art. De la littérature. De la beauté sous toutes ses formes. Vous parliez de tout. Vous riiez beaucoup. Au début tu observais une certaine réserve, car tu avais cette éducation du Levant. Une femme doit réfléchir à la portée de son rire, t'avait-on dit longtemps. Mesurer s'il est décent ou pas. S'il est interprétable. Lorsque parfois tu t'esclaffais devant moi, ton fils ne voyait que ta mâchoire ouverte et tout ce bruit dedans. Il te faisait la remarque et te disait de me donner le bon exemple. Tu lui répondais tout de go : « J'ai passé la première moitié de ma vie à conditionner mon rire. À mon âge, je veux mourir comme je l'entends. » Et tu mourus d'avoir aimé.

Élevé et adopté par une famille arménienne de Damas, Youssef vécut au Liban dès son plus jeune âge. Son père, Melkon, avait quitté Damas en 1908, après avoir épousé Rachel contre l'avis de sa famille. Leur quotidien avait été suffisamment invivable pour qu'il n'ait d'autre choix que d'émigrer. Il abandonna tout. Travail, maison, héritage, ainsi que l'atelier familial d'artisan joailler. Le grand-père de Youssef avait mis son fils Melkon en garde, menaçant de le déshériter s'il partait. Il le fit quand même.

Nombreux furent les membres de la communauté arménienne qui quittèrent les capitales de l'Empire ottoman pour l'Occident, alarmés par les rumeurs d'un génocide naissant et les histoires de massacres rapportées par les survivants. Malgré l'avenir précaire de la région, le grand-père de Youssef avait refusé d'abandonner son négoce en cédant à la panique. Il avait jusqu'alors survécu à tout et ne voyait pas pourquoi il ne survivrait pas au reste.

Durant les émeutes antichrétiennes de 1860, il s'était réfugié avec sa jeune épouse et leur nourrisson, Melkon, chez un de ses clients du nom de Abd el-Kader. Un homme juste et tolérant avec qui il avait traité à l'atelier. L'Occident le connaissait en temps qu'homme politique, tour à tour résistant militaire face à l'armée coloniale française en Algérie, philosophe, érudit, théologien soufi, homme de foi et figure de proue du dialogue islamo-chrétien. Alliant le glaive à la sagesse, il était aussi craint que respecté. Lorsque la famille de Melkon, fuyant l'émeute, avait frappé à sa porte, les serviteurs leur avaient fait signe d'entrer avant de refermer la grande porte derrière eux. Ils avaient reçu ordre d'ouvrir à toute personne demandant protection. Depuis l'enceinte de la maison d'Abd el-Kader, le grand-père entendait la foule en liesse réclamer du « sang d'infidèles ». Les voix se rapprochaient. Le grand-père paniqué s'empara de son fils et se mit à courir dans cette demeure au sol tout revêtu de marbre. Une main posée sur son épaule l'arrêta net. Une main ferme de guerrier. Le grand-père n'avait pas senti Abd el-Kader s'approcher. « Ici vous ne risquez rien », lui dit-il. Sa main était rassurante. Le père de Melkon posa son fils au sol. La foule cognait avec une poutre sur la grande porte en bois renforcée par deux barres métalliques. Abd el-Kader ouvrit lui-même. Excellent orateur, il contint les émeutiers et les amena à reculer en faisant référence au Coran. « Qui tue un seul homme tue l'humanité entière. Qui sauve un homme, sauve l'humanité entière. » Était-ce la phrase ou l'envergure de ce musulman très respecté qui fit se disperser la foule ? Cette année-là, il sauva de la mort plusieurs centaines de chrétiens. Après cet épisode, le grand-père fut convaincu qu'il ne servait à rien de fuir son destin. Il devint fataliste et s'en remit à la providence. « On ne peut fuir et s'enraciner », disait-il à Melkon, amoureux de Rachel. Le grand-père ne quitta jamais Damas. Melkon ne quitta pas la ville pour une raison politique. Il la quitta pour vivre son amour. Il fut parmi les premiers d'une longue série d'Arméniens à prendre la route de l'exode pour l'Europe. Avec pour escale Beyrouth. Il avait tout prévu sauf le magnétisme de cette ville. Il l'aima tant qu'il y resta.

Melkon et Rachel s'étaient connus deux ans plus tôt à Alep, un été de 1906. Melkon connaissait bien cette ville et ses souks toujours grouillants. Son père y avait une résidence d'été attenante à l'école des Arméniens catholiques de la rue Telal. Melkon y passait ses étés et jouait chaque année avec le même ami du nom de Yervan. Yervan était le fils du concierge de l'école. Melkon le trouvait toujours à la même place dans la rue, chaque fois qu'ils arrivaient de Damas chargés de colis. Yervan se précipitait sur les malles comme il avait vu faire son père chaque fois que le directeur de l'école revenait de vacances. Chaque année, la même joie. Les garçons tombaient dans les bras l'un de l'autre. L'été les liait d'une amitié que seules leurs classes sociales brisèrent. En grandissant, chacun des deux enfants apprit le métier de son père. Melkon celui d'artisan joaillier et Yervan celui de concierge. Très vite, Yervan voulut ressembler à son ami. Se hisser socialement. Yervan apprenait avec rage ce que Melkon recevait avec naturel. Vers l'adolescence, lorsque son père, qui l'élevait seul, mourut sans raison, comme il était né, Yervan en voulut à Melkon d'être né sans effort. Leur amitié s'en ressentit. Un été, Melkon ne trouva plus son ami dans la rue. La maison du concierge était sous cadenas. Il demanda dans le voisinage ce qu'il était advenu de son ami mais n'obtint aucune réponse. Il resta sans nouvelles jusqu'au jour où le hasard s'en mêla. Melkon avait déjà quarante ans, et la responsabilité du commerce familial qu'il dirigeait entre Alep et Damas. Les années aidant, il avait presque oublié son ami. Il entra dans une boutique coincée entre un commerce de savons et un autre de tapis. Melkon mit un moment avant de reconnaître Yervan derrière le comptoir. Il lui tomba dans les bras et dut s'assoir tant il était ému. Yervan offrit du thé au jasmin que Melkon accepta avec empressement. Juste après le décès de son père, Yervan avait rassemblé ses maigres économies et s'était rendu en France où il avait travaillé comme garçon de café à

Marseille, avant de se lier d'amitié avec un habitué. Un antiquaire, qui prit Yervan sous son aile et lui proposa de tenir son commerce. De fil en aiguille, Yervan apprit les astuces du métier et se plongea dans les livres et l'histoire de l'art. Il en sut bientôt autant que son patron. Lorsque Yervan annonça à son bienfaiteur son désir de retourner au pays, ce dernier ne fit rien pour le retenir. Il savait que Yervan voulait dire en arménien « courageux » et qu'il serait inutile de retenir cet homme trop ambitieux pour n'être qu'employé. Dès les premiers regards échangés au café quelques années plus tôt, l'antiquaire avait lu l'obstination dans les yeux de ce garçon de table. Il le laissa partir. Melkon et Yervan en étaient encore à deviser autour de leurs retrouvailles lorsqu'une femme d'une vingtaine d'années entra. Melkon arrêta de respirer. Le choc fut immédiat. Le trouble aussi. Il resta sur sa chaise, pétrifié. Il aurait voulu parler, se lever, attirer son attention, mais resta immobile et muet. Tomber amoureux, ça devait être ça, pensa Yervan à la vue de son ami comme frappé de déficience neurologique. Mauvaise irrigation, pensa-t-il. Le cœur prend tout le sang. Yervan gardait la tête froide quelles que soient les circonstances. Ses émotions avaient été anesthésiées par des années de dur labeur. Il n'avait pas le temps pour deux obsessions à la fois. L'amour et la réussite. Il reçut la dame avec toute la courtoisie inhérente à son métier. Elle cherchait une cuiller en argent et voulait y faire graver le prénom de Youssef. Yervan sortit sa panoplie de cuillères, toutes époques confondues. Elle en choisit une et tira d'une petite bourse en maille crochetée la somme annoncée par Yervan. Elle avait des tintements de cloche dans la voix, des arabesques dans les gestes et portait l'habit traditionnel de la bourgeoisie alépine avec un brin de fantaisie. Elle aurait pu être vêtue de bure, Melkon ne voyait d'elle qu'un visage diaphane et une aura innée. Dès qu'elle sortit de la boutique, Melkon retrouva ses esprits. Il se rua sur Yervan, l'empoigna, le secoua. Il voulait tout savoir concernant cette jeune fille. Son nom. Son prénom. De qui était-elle la fille ? Yervan lui déconseilla de s'en approcher. Sa réputation n'était pas enviable. Yervan en disait trop ou pas assez. Suffisamment pour que Melkon s'y accroche davantage.

## 27

RACHEL APPARTENAIT À UNE FAMILLE JUIVE de la haute bourgeoisie alépine. Éduquée dans l'austérité morale, Rachel était lasse du sens des responsabilités inculqué par sa mère. Elle ne voulait apprendre que de la vie et ne comprenait pas l'acharnement de sa mère à lui faire lire la Torah. Un jour qu'elle avait refusé de se prêter au rituel de prière, elle avait couru se réfugier chez son père, un médecin aussi connu pour son humanisme que pour sa foi. Rachel voulait faire comme lui. Penser d'abord. Le reste ensuite. Elle fit l'inverse. Vécut d'abord. Pensa ensuite. Pria, accessoirement, en dernier. Son héritage de douleur lui pesait. Son peuple. Son histoire. Ses persécutions. Des morts derrière elle. Ceux à venir. Rachel trouvait sa mère trop tragique et lui reprochait de ne pas vivre assez. Elle avait des préoccupations d'adolescente. Les protubérances naissantes de ses seins l'inquiétaient autant que les interdits des soirs de Shabbat. Dieu lui faisait peur. Son corps l'intriguait. Elle ne voulait pas d'une âme juive collective. Elle voulait être unique aux yeux de Dieu. Une âme juive singulière dans un corps de femme.

Ce corps qu'on avait voulu lui faire oublier, Rachel désirait en connaître les contours. Dès son enfance, sa nourrice, aidée de sa mère, l'obligeait à prendre son bain enveloppée d'une chemise qui lui arrivait jusqu'aux chevilles. « Afin que tu ne voies pas ta nudité », lui disaient-elle en chœur. Elle ne la vit tellement pas qu'elle ne sut que faire de son corps lorsqu'elle rencontra Hafèz. Elle ne savait où mettre ses jambes. Ses bras. Comment s'asseoir. Se lever. Son corps l'encombrait. Elle avait beau s'embrouiller dans ses gestes, elle avait une grâce innée. Épris de sa beauté de gazelle comme dans les poèmes d'Ibn Abi Rabia, Hafèz lui manifesta beaucoup d'attention, quand bien même il lui arrivait d'être brusque et un tantinet vindicatif. Rêveuse, Rachel attribuait les sautes d'humeur du jeune homme à sa fièvre d'aimer. Elle s'amouracha de lui et se mit à le voir sans chaperon, en cachette de sa mère. Fils unique d'une famille de notables, Hafèz n'avait qu'une idée en tête. Être premier partout. En classe. À l'école. Auprès de ses parents. Dans le corps de Rachel. Avec les servantes, il n'usait d'aucune diplomatie pour arriver à ses fins. Avec Rachel, il prit doucement conscience que les gazelles apeurées fuient. Elle avait un regard évanescent prêt à lâcher prise à la moindre menace. Il usa de patience, d'insistance et de beaucoup de ferveur avant que Rachel ne cède à ses avances et ne finisse par abandonner les principes de vertu et de renoncement dans lesquels elle avait grandi. Ils firent l'amour. Au début, elle eut mal. Hafèz s'y prenait comme il l'avait toujours fait. À la sauvette, avec les servantes. Ils découvrirent leur sensualité ensemble. Rachel était heureuse d'aimer par la chair et en redemandait. Hafèz était content d'avoir défloré sa première vierge. Avec le temps, il fut lassé de l'idée d'avoir été le premier dans le corps de sa dulcinée. Il s'ennuya avec Rachel, plus amoureuse que jamais. Lorsque le sang cessa de couler entre ses cuisses, elle pensa qu'un utérus éperdument amoureux cicatrisait. Qu'elle n'aurait plus ses règles tant qu'elle aimerait Hafèz. Elle vit dans cette interruption une manifestation immédiate de l'amour. C'est Farida, une amie, qui lui parla pour la première fois de la fécondation. Dans un premier temps, elle frétilla et se rendit, haletante, chez Hafèz lui annoncer la nouvelle. « Je suis fécondée, s'essouffla-t-elle. Fécondée. Par toi. Fécondée. » Le mot résonnait. Elle se sentait adulte de le prononcer. « Inconsciente, dit-il en posant sa main sur ses lèvres en forme de rose semi-éclose. On ne hurle pas ce genre de choses. On les murmure. Que dis-tu ? Fécondée ? Tu veux dire enceinte ! Quelle catastrophe ! »

Rachel n'y voyait pas de catastrophe. Elle était certaine que Hafèz trouverait une solution. La demanderait en mariage. Elle était prête à tout. Affronter la colère de sa mère. La résignation de son père. Après tout, même non-juif, il était le fils d'un notable très respecté. Rachel ne voyait de Hafèz que l'amour auquel elle croyait du haut de ses seize ans. Elle n'était qu'une enfant lorsqu'il l'abandonna.

Rachel avait cru être aimée de Hafèz autant qu'elle l'aimait. Dans ses bras, elle aurait pu embrasser l'enfer et le paradis avec la même aisance. Après son départ, respirer même lui sembla un fardeau. Elle alla en larmes voir sa mère et lui annonça l'interruption de ses règles et la désertion de Hafèz. « Petite sotte, lui dit-elle. Si ta beauté ne te tue pas, ta naïveté le fera. Ta vanité t'a trompée. Au lieu d'être vertueuse, tu t'occupes à séduire un *goy*. De toute manière, *goy* ou pas, quand on aime un homme plus qu'il ne vous aime, on finit abandonnée. Est-ce que tu as pensé à moi, ta mère ? Je vais passer pour quoi en ville ? Pour la mère d'une traînée ? » Pour toute réponse, la jeune fille récita à sa mère un poème d'Omar Khayyam qui la libérait de toute culpabilité. Le soir, avant de s'endormir, elle le récitait pour ne pas haïr sa grossesse. Pour ne rien rejeter de Dieu. Pas même la vie.

*Quel homme n'a jamais transgressé Ta loi, dis ?*
*Une vie sans péché, quel goût a-t-elle, dis ?*
*Si Tu punis le mal que j'ai fait par le mal,*
*Quelle est la différence entre Toi et moi, dis ?*

Sa mère cria au blasphème et emmena sa fille à la synagogue. Elle marchait très vite dans les rues d'Alep, traînant sa fille par la main. Elle voulait qu'elles se recueillent à trois. Elle, sa fille et le péché. Elle murmurait. Elle demandait pardon pour la faute de sa fille. Elle demanda à voir le rabbin et lui parla de lotions à base d'herbes. Ce dernier calcula l'âge du fœtus et cita les Dix commandements en s'arrêtant sur « Tu ne tueras point. Un fœtus de plus de quarante-et-un jour est déjà formé. L'enlever est un crime. » Bien que déçue, la mère, une femme pieuse, se plia au verdict. Elle avait espéré que Dieu lui vienne en aide de manière chirurgicale. Elle décida de ne pas L'offenser et s'activa à réparer ce qui lui restait d'honneur. Elle fit tout ce qui était en son pouvoir pour ne rien ébruiter de cette grossesse et précipita un mariage pour sa fille. Elle se rendit chez une de ses amies toujours au fait des partis à prendre. Cette dernière lui parla du fils d'une voisine. Un garçon « très bien » de la communauté juive d'Alep. Un jeune homme de l'âge de Rachel que ses parents ne demandaient qu'à marier à la fille d'une famille aussi bourgeoise que la leur. Le jeune homme avait une beauté très pâle et de grands yeux qui lui mangeaient le visage. La première fois qu'elle le vit, Rachel trouva bizarre sa manière de marcher. Il n'avançait pas, il se traînait avec des gestes lents et des silences indéchiffrables. Rachel décida de se plier à la stratégie de sa mère, car son désir de garder l'enfant dépassait la révolte qui l'animait devant l'ordre établi. Le mariage fut célébré dans les plus brefs délais afin que l'accouchement n'éveille aucun soupçon. Le marié ne se rendit compte de rien. La maman de Rachel pensa qu'il était nigaud. Il était malade et souffrait d'une leucémie qui l'emporta deux ans plus tard.

Mariée à dix-sept ans, Rachel accoucha d'un garçon sept mois à peine après le mariage. La mère s'exclamait partout. « Ma fille a accouché d'un prématuré. Espérons qu'il survive. Jusqu'à présent, c'est un miracle. La main de Dieu est sur eux. » Dans tous les salons d'Alep, elle s'essoufflait en boucle. « Ma pauvre fille. Son fils. Prématuré. Petit-fils. Prématuré. Dieu. Prématuré. » Elle n'avait qu'un mot à la bouche. Prématuré. Chaque fois qu'elle argumentait, elle en rajoutait. Son insistance avait fini par éveiller les soupçons des plus crédules. Lorsque Rachel voulut appeler son fils Youssef, tout le monde y fit objection, sauf son mari. Il sortit de son silence pour se ranger du côté de sa femme. En Orient, même un prénom est affaire de famille. Tout un concile se met en place autour du nouveau-né. Étant l'aîné d'une famille de cinq enfants, le mari aurait dû donner, selon l'usage, le prénom de son père à son premier enfant mâle afin que les prénoms se perpétuent. Il n'en fit rien et vit dans le choix de Rachel un prétexte pour se démarquer des siens. Il découvrait l'affirmation de soi. « Moi je trouve ce prénom très beau, s'entendit-il répondre. Youssef. Nous sommes tous les deux d'accord. » L'assistance se tut. Le mari lui-même semblait étonné de sa prise de position. La dernière fois qu'il avait donné son avis, c'était en refusant de prendre son lait à l'âge de trois ans. Sa nourrice l'obligeait à avaler chaque matin un grand verre de lait frais. L'odeur, la couleur, la chaleur, tout le révulsait dans ce verre qu'il regardait du haut de sa nausée. Il avait été radical ce jour-là, balançant le verre de lait à la figure de sa nourrice. « Lui si doux, d'habitude », avait-elle gloussé en racontant l'incident. Il recommença le lendemain, et le surlendemain, et tous les jours qui suivirent, jusqu'à ce que la nourrice reçût ordre de ne plus insister avec le lait. Après quoi il réintégra le silence.

Lorsqu'il prit la parole pour le prénom, Rachel l'aima mieux. Sans parvenir à en être amoureuse, elle respectait cet homme qui avait servi de rempart aux commérages. Elle commençait à s'attacher à sa lenteur. À son silence quand il la regardait. Elle pensa que le respect était plus sûr que la passion. Elle comparait l'absence de Hafèz à la présence de son mari. Ce dernier n'eut pas le temps de jouir longtemps du nouveau regard que portait sur lui sa femme puisqu'il mourut.

Même veuve, Rachel fut victime des ragots. Elle passait pour une fille trop belle pour être sérieuse. Trop veuve pour ne pas apporter la poisse. « Elle a la cuisse salée, dit une voisine à une autre. Son pauvre mari, elle l'a tué. Dieu vienne en aide à celui qui suivra ! » La mère, malheureuse de toutes ses rumeurs, passait ses journées à les contrecarrer. En pure perte.

Pour Melkon, les racontars n'étaient qu'une affaire de légendes. « La vie n'est pas une légende », dit-il à son ami Yervan alors que ce dernier finissait son récit. Il s'était levé d'un coup de son siège, où il avait passé l'après-midi. Occupés par leurs retrouvailles et le récit de Yervan, les deux hommes n'avaient pas vu le temps passer. Il faisait presque nuit lorsque Melkon s'excusa auprès de son ami, lui fit l'accolade et lui promit de revenir le voir aussitôt qu'il aurait de Rachel la promesse d'un mariage. « Un coup de foudre n'attend pas », ajouta-t-il en sortant.

# 28

Melkon tint sa promesse et revint voir son ami presque la bague au doigt. Il lui manquait un témoin et il demanda à Yervan de remplir ce rôle. Ce dernier voulait en savoir plus.

« Des détails, lui dit-il, je veux les détails de votre rencontre.

– Rien de bien spécial, répondit Melkon. Les routes se croisent. Paisiblement. Inévitablement. »

C'est ainsi que Rachel aima Melkon, inévitablement, sitôt qu'elle le croisa, à deux rues de chez elle. Il l'avait suivie alors qu'elle se rendait au souk. Elle avait fait mine de ne pas s'en rendre compte. Elle avait eu beau se faufiler dans les ruelles pour le semer, l'homme ne la lâchait pas d'une semelle. Lorsqu'elle se retrouva devant un étalage de fruits et légumes, il se tenait à côté, mais à distance respectable. Il prit une pomme, sortit un canif de sa poche et s'occupa à y graver quelque chose. Rachel osait à peine le regarder du coin de l'œil. Il était concentré sur sa tâche. Lorsqu'il leva les yeux, elle détourna les siens et fit mine de regarder un grand sac de jute rempli de dattes. Melkon rangea son canif, se rapprocha d'elle, se pencha, posa la pomme à ses pieds et partit. Rachel était restée figée et droite. Elle ne s'était pas retournée. Elle avait attendu suffisamment longtemps pour qu'il s'éloigne avant de se pencher et de ramasser la pomme. Une phrase y était gravée : « Vos yeux sont tristes. Beaux. Mais tristes. » Rachel aima la finesse de ce geste voué à disparaître au coin de la rue. Son goût pour l'amour romanesque en était comblé. Elle croqua dans la pomme et s'abandonna à Melkon avec une foi jamais ressentie auparavant. Elle pensa que ça devait être ça le bonheur. Une acceptation.

Yervan se plia à la demande de son ami et fut témoin de leur mariage clandestin. Les familles n'en furent informées qu'une fois les alliances échangées. Pour la famille très patriotique de Melkon, Rachel n'était pas assez arménienne. Pour la famille très bourgeoise de Rachel, Melkon n'était pas assez bourgeois. Lorsqu'elle apprit la nouvelle du remariage de sa fille, la mère se tapa la tête contre le mur de la chambre où Rachel était venue la trouver. « En plus de ne pas être juif, il n'est pas bourgeois. Ma fille avec le fils d'un artisan de Damas. Que fais-tu de mon honneur et de celui de ton père ? » Rachel alla voir son père dans la cour intérieure de leur grande maison. Herboriste dans l'âme, il pouvait rester des heures à contempler le plus petit brin d'herbe. Il s'était arrêté d'exercer la médecine lorsqu'il oublia un scalpel dans une plaie qu'il referma de points de suture faits au point de croix. Atteint d'un mal inconnu, le père perdit peu à peu la mémoire et devint cet être absent, paisiblement perdu dans ses pensées. Son regard vitreux faisait dire à Rachel qu'il s'était retiré du monde vers son âme. Voilà cinq ans qu'elle le trouvait à la même place dans la cour. Elle ne s'était rendu compte de sa dégradation que lorsqu'il s'était définitivement muré. Il restait des heures sous le grand chêne en face de la haie. Le seul endroit qui l'apaisait. Le reste du temps, il fuguait. Sonia, la petite servante, accourait aussitôt pour avertir que « Monsieur manquait ». Un jour qu'elle le perdit vraiment, elle le retrouva dans le souk en train d'étudier une botte de *mouloukhieh* – appellation arabe de la corète. Elle s'empara de la botte, la remit sur l'étalage et ramena son patron à la maison. Rachel ne savait jamais s'il l'entendait quand elle parlait. Au fur et à mesure des événements de sa vie, elle était venue tout lui raconter. Hafèz. Le fœtus. Son premier mari. Son accouchement. La venue au monde de Youssef. Il était resté sans réaction, à chaque fois. Lorsqu'elle lui parla de Melkon, de l'amour serein qui l'habitait, du mariage contre la volonté de sa mère, le père ne fit rien. Il resta figé. Elle posa sa main sur la sienne toute veinée. Il fixait un horizon au sol. Elle l'envia pour ça, l'horizon, et se pencha vers lui, posa la tête contre son épaule et resta un moment à scruter le sol avec lui. Seule sa respiration semblait s'accélérer. Elle aurait voulu sa bénédiction. De là où il se trouve, pensa-t-elle, il est béni mais incapable de bénir. Elle l'embrassa et s'apprêtait à se lever lorsque son père l'empoigna. C'était son premier geste depuis qu'elle lui parlait. Il resta un moment ainsi, à lui tenir le bras tout en fixant la haie. Sa pression se desserra doucement puis son bras lâcha d'un coup et tomba sur le banc de tout son poids. Le reste du corps ne bougea pas. Il semblait à Rachel que son expression avait changé. Elle se pencha et trouva un sourire sur son visage. Un grand sourire blanc. Rachel l'aimait d'une tendresse infinie. Elle se leva tristement, satisfaite d'avoir eu un signe de ce monde où son père avait fui.

Lorsqu'elle courut retrouver Melkon, après des adieux froids à sa mère, Rachel ne se doutait pas de la vie qui l'attendait à Damas. Elle avait fait ses bagages et ceux de son fils, et était allée au lieu de rendez-vous où Melkon l'attendait. Il l'avait épousée sans avoir rencontré son enfant au préalable. Les coups de foudre, disait-il, ne sont rien sans la volonté de les faire perdurer quels que soient le prix et le poids du destin. Youssef ne fut jamais un poids. Dès que Melkon l'aperçut, aussi haut que trois olives, marchant à côté de sa mère, il sut qu'il l'aimerait. Il s'avança vers eux les bras ouverts, se pencha vers l'enfant et se présenta. L'enfant, âgé d'à peine deux ans, resta en retrait. Melkon n'insista pas. Il se releva, enlaça sa femme en déposant un baiser derrière le lobe de son oreille. « Tu es très belle », crut-elle entendre. Elle avait peur que son cœur n'induise en erreur son ouïe. Elle ne croyait plus aux mirages.

Rachel avait mis du temps à reconnaître le bonheur, mais lorsqu'elle le fit, elle ne le lâcha plus. Melkon fuyait les illusions. Il ne mentit pas à sa femme sur les difficultés qui l'attendaient au sein de sa famille. L'arrivée et l'installation à Damas ne furent pas de tout repos. Elle fut sèchement reçue par une belle-famille remontée contre cette veuve alépine qui leur avait subtilisé leur fils. Melkon eut beau leur expliquer que rien ni personne ne l'avait subtilisé. Rien n'y faisait. Tout le monde avait une dent contre Rachel. Seul le père de Melkon donnait l'impression de l'avoir adoptée et jouait avec son fils. Melkon avait à cœur d'aimer l'enfant de toute son âme, en oubliant qu'il était celui d'un autre. Il le fit si bien que tout le monde oublia aussi. Melkon finit même par être surnommé Abou Youssef, comme le veut l'usage en Orient pour le fils aîné. Lorsque Youssef eut par la suite un demi-frère, Melkon ne changea rien à son surnom d'Abou Youssef. Seule la mère de Melkon, au courant des turpitudes de jeunesse de sa bru, insistait pour rappeler à Rachel que Youssef était le fruit de la faute. « Le péché vous rattrape dans le babillage de Youssef », lui disait-elle à l'insu de son fils. Rachel se gardait d'en parler à son mari. Elle espérait que l'amour prendrait le dessus sur la colère de sa belle-mère. Elle voulait croire au bonheur d'un foyer tranquille. Mais cette agressivité répétée assombrissait sans cesse le tableau. Rachel faisait tout son possible pour s'accommoder de l'hostilité de son entourage au point de voir dans le caractère bougon de sa belle-mère une marque d'affection. Elle lui était reconnaissante d'avoir enfanté Melkon sans qui elle n'aurait pu quitter Alep, sa vie, et le regard pesant de son entourage. Melkon en voulait à sa mère de s'immiscer dans son couple comme elle le faisait. Il prit la décision de s'exiler le jour où sa mère eut avec sa femme une altercation plus violente que de coutume. Elle avait agressé sa bru devant témoin. Son fils n'avait pas réagi sur le champ. Le respect des aînés ne l'eût pas permis. Il avait gardé un silence plus grave encore. Une semaine plus tard, il annonça à ses parents son départ pour d'autres contrées. Les États-Unis. Peut-être l'Europe. Il improviserait, l'essentiel étant de partir. Sa mère pleura beaucoup, et envoya son mari convaincre leur fils de renoncer. Le père essaya par tous les moyens. Usa de menaces vaines. La date fatidique du départ avait été fixée.

## 29

Dès son arrivée à Beyrouth, Melkon décida de ne pas aller plus loin. Son amour pour cette ville fut aussi évident que l'amour qu'il vouait à sa femme. Il eut le premier réflexe des émigrés et s'installa, ni trop loin de son lieu de travail, ni trop loin de sa communauté, à mi-chemin entre l'archevêché arménien orthodoxe de la rue de l'Armée et le souk des bijoutiers de la place dite de l'Étoile. Avec ses économies, il acheta une boutique et loua un logement à un kilomètre à vol d'oiseau de son nouvel atelier. Une petite maison délabrée, avec des tuiles rouges, située dans une ruelle de la colline de Bab Idriss, surplombant le quartier juif de Wadi Abou Jmil. Il avait pensé que sa femme pourrait ainsi s'y rendre à pied et retrouver un peu d'enfance et d'hébreu. Rachel n'exprimait jamais ce que Melkon devinait seul. Le propriétaire de la maison aux tuiles rouges, un vieux rentier un peu bougon, venait à l'improviste vérifier que les dégâts n'augmentaient pas. Il notait tout sur un carnet gris. Sur le toit, il y avait autant de tuiles manquantes que de tuiles en place. À son retour du travail, Melkon s'attelait à tout réparer. Le toit, les fissures dans les murs, les poutres de bois pourries, les carreaux de céramique brisés. N'ayant plus rien à répertorier, le propriétaire ne vint plus dès lors que pour le loyer.

De sa jeunesse aisée, Rachel avait gardé le goût des belles choses. Coup de marteau après coup de pinceau, la maison prit l'allure d'un petit bijou. Chaque objet avait été choisi avec soin par Rachel et acheté à bon prix par Melkon. Habitué aux souks d'Alep et de Damas, il était passé maître dans l'art du marchandage. Intraitable en affaires, il fut très vite craint par les revendeurs du souk al-Sigha. Le souk des bijoux. Une rue très passante, cernée de vitrines en enfilade avec des étalages de bijoux partout. Les vitrines brillaient de la lumière réfléchie par le métal. Les vendeurs sortis de leurs échoppes démarchaient les passantes. Les marchands de café se faufilaient parmi la foule avec dans une main des cafetières en cuivre et dans l'autre des tasses qu'ils faisaient cliqueter, en criant à tue-tête. Ils en proposaient du noir nature et du parfumé à la cardamome. Parfois ils se faisaient bousculer par le chariot d'un marchand ambulant. En fin de journée, les vendeurs fumaient des narguilés, assis sur des tabourets posés sur le trottoir. Quand les patrons retournaient dans leurs boutiques après une tournée en ville, tout revenait en place. Les tabourets, les narguilés et les vendeurs.

Au début, Melkon ne prit pas d'employé. Il fit tout lui-même, convaincu qu'il ne servait à rien de voir plus grand que ses dix doigts. Il se contentait de mettre son éthique du beau dans chaque coup de lime donné dans le métal. Rachel venait l'aider à recevoir sa clientèle. À deux, tout se passait bien. Melkon travaillait avec acharnement. Rien n'altérait son rythme, sinon l'amour qu'il vouait à sa famille. Rachel au centre. Elle n'avait rien perdu de sa beauté ni de sa grâce, et sa présence le troublait comme au premier jour. Sa manière de s'habiller. La fantaisie qu'elle mettait à vivre, à lire, à s'intéresser à tout. Il ne s'octroyait aucune autre distraction que ces moments passés avec elle dans l'arrière-boutique. Quelquefois ils firent l'amour. Aussitôt qu'elle partait, la joie se retirait, et Melkon se replongeait dans sa concentration. De temps en temps, il levait la tête du cadran d'une montre en réparation, espérant l'arrivée de sa femme. Consciencieux, il se forgea une telle réputation d'honnête homme et d'artisan émérite que toute la classe bourgeoise de Beyrouth lui acheta montres et bijoux. Il devint très vite l'adresse incontournable de ces dames, occupées à rivaliser en bijoux comme on construit un immeuble, plus élevé d'un étage que celui du voisin. La signature qu'il gravait en tout petit à l'arrière de ses œuvres devint très recherchée. Il eut tant de commandes qu'il ne manqua plus de rien, acheta la maison aux tuiles rouges et inscrivit ses deux garçons à l'école des jésuites, fréquentée par la bourgeoisie libanaise, et située à proximité du souk, en retrait du port et tout en bas de la colline d'Achrafieh.

Youssef avait à peine trois ans lorsque son nouveau père s'était installé à Beyrouth avec sa mère enceinte de son demi-frère. Très jeune, il refusa cette notion de demi-paternité. Il la voulait entière. Il l'aimait comme telle. Il n'avait jamais été aimé à moitié par Melkon, et trouvait impensable d'appeler ce dernier demi-père. C'était son père entier aussi immense que le dieu qu'il priait en secret. Son dieu à lui n'était pareil à aucun autre. Il était sien. Presque son enfant. Il l'avait inventé dans son lit. Chaque soir, il se réfugiait dans cette ombre silencieuse qui l'attendait dans ses draps. Lorsqu'il assimila l'absence à une présence invisible, il pria avec plus de ferveur encore. Au fur et à mesure des strates de la vie, il rajouta à son dieu des qualificatifs. Il prit le dieu de sa mère juive, le rajouta au dieu de son père catholique, le mêla à celui d'Ali son camarade d'école, y rajouta un zeste de foi soufie, un peu de foi mystique, du tantra par-ci, du mantra par-là, rêva d'aller au Japon, et sut qu'il était appelé à une vocation spirituelle avant tout. Il ne réfutait aucune religion mais avait du mal à oublier l'Histoire. Le mal généré par la possession d'un Dieu unique. Le tout est de ne rien posséder. Pas même Dieu. Il s'était construit un dieu à partager comme le pain autour d'un repas.

## 30

Lorsque le génocide prit fin, Youssef sombra dans la négation de Dieu. Il ne voulait même plus de celui qu'il avait créé de toutes pièces dans son lit. Il prit son frère à témoin de son renoncement, et versa dans une débauche qu'il se garda de raconter. Il en voulut à sa mère d'être l'enfant bâtard d'un adultère et le lui fit sentir sans l'exprimer. Rachel ne comprenait rien au revirement de ce fils jadis si doux. Elle avait essayé de lui parler, mais Youssef s'était muré dans le refus de partager ce qui le tourmentait. Impuissante, elle pleurait dans les bras de Melkon. Ce dernier avait beau aimer Youssef presque plus que son fils naturel et le lui exprimer, Youssef souffrait irrémédiablement de la punition dont il avait hérité à la naissance. L'abandon de Hafèz. Ne voulant pas heurter l'amour de Melkon avec sa révolte, il ne lui en parla pas. Il aimait ce père de substitution et se savait aimé de lui.

De cette adolescence, Youssef garda toute sa vie des traces indélébiles. Des contradictions. Et une prédilection pour le péché. « Un de plus ou de moins, pas de différence. Je suis né dedans en tout cas », disait-il chaque fois qu'il se rendait dans la rue des bordels, dans la prolongation du souk des bijoutiers. Il ne mit personne au courant de ses virées. Pas même son frère. Il disait à son père qu'il rentrerait à pied de l'atelier. Ce dernier avait beau héler une carriole pour le déposer devant la porte de la maison aux tuiles rouges, Youssef refusait, prétextait le besoin de marcher et trichait sur les heures pour camoufler le temps qu'il mettait à disparaître dans le corps des femmes décaties de la rue des maisons closes, de l'autre côté de la place des Canons. Une rue puante aux bâtisses délabrées, sur lesquelles s'adossaient des femmes usées. Rue al-Mutannabi. La rue « du Prophète » dans sa traduction littérale. Youssef se rendait précautionneusement dans cette rue licencieuse de Beyrouth baptisée du nom du poète du x^e^ siècle, al-Mutannabi, figure de proue de la poésie arabe. C'est au bordel d'Irina T. qu'il se réfugiait dans l'oubli et la transe. Dans le plus glauque, le moins bien fréquenté, mais le plus chaleureux des bordels. Irina, une grande blonde un peu forte aux origines inconnues, recevait son « petit jeune », comme elle le surnommait, en roulant des *r* et du cul. Elle n'aimait pas parler de son passé. Elle ne trouvait pas glorieux de raconter la misère révolue et ne se plaignait jamais de celle présente. Il la crut heureuse avant de comprendre que la misère avait sa propre échelle de mesure. « Viens mon chéri, lui disait-elle, viens donc que je te donne la preuve de ton présent. Si tu oublies que tu es vivant, approche et je t'offrirai l'orgasme. Ce n'est pas gratuit bien sûr, mais pour toi je fais un prix. » Youssef venait toujours. D'abord dans le corps d'Irina qui le dépucela, puis dans les corps de tout son cheptel. Irina était tout à la fois. Proxénète, prostituée, matrone et mère. Elle débordait d'affection à l'égard de ses locataires et collègues sans oublier de prélever un pourcentage sur leur paye. Lorsque l'une d'elles était malade, elle la soignait avec amour et attention. « La marchandise est précieuse », leur disait-elle en s'esclaffant.

## 31

Youssef ne sut combien de temps dura cette période de sa vie, où il exposait son corps comme à une mutilation. « La plus bestiale possible », disait-il à Irina lorsqu'elle lui demandait quelle position il préférait. « Je veux oublier que je vis. Je veux expérimenter la mort. J'ai honte de vivre. » Irina ne connaissait rien à cette culture de la mort. La vie, elle connaissait. Elle essaya de lui en donner le goût avec des mots à la portée de son éducation, moult jurons et autant d'authenticité. Il écoutait. Au moment de passer à l'acte, il réclamait à nouveau la même position.

« Bestiale.

– Ça n'existe pas mon petit, lui disait-elle.

– Si. On va l'inventer. Je dois pécher pour mériter d'avoir été puni. »

Rachel, voyant son fils disparaître dans des labyrinthes inaccessibles, trouva urgent et plus simple de lui parler. Elle lui fit le récit de Hafèz. De tout ce passé qui ne l'abandonnait pas. De la culpabilité dans laquelle elle vivait. Du décès de sa mère survenu à Alep un an plus tôt sans qu'elle ait pu lui dire qu'elle l'aimait. Elle continua l'évocation d'un passé sans rédemption malgré tout l'amour de Melkon. Elle pleura beaucoup et lui lut les vers d'Omar Khayyam qu'elle avait jadis lus à sa mère.

*Si Tu punis le mal que j'ai fait par le mal,*
*Quelle est la différence entre Toi et moi, dis ?*

Il la prit dans ses bras.

Lorsque Youssef découvrit la douleur de sa mère, il se sentit investi d'une nouvelle mission. La consolation. Il lui assura que Dieu devait certainement faire une différence. Qu'il devait y avoir moyen d'oublier la faute ou son idée. Que tout, mis à part la vie, était réversible. Elle l'interrompit : « C'est lourd. Mon peuple. Celui de Melkon. »

De ce jour, Rachel suivit le cours tranquille d'une foi qui ne l'abandonna plus. Youssef ne sut pas quel dieu sa mère s'était remis à prier. Elle se rendait partout avec sa Bible, et priait où elle pouvait et quand elle pouvait. Devant la porte d'une église. D'une mosquée. Avant 1925, et l'ouverture à Beyrouth de Maguen Abraham, la synagogue la plus proche se trouvait dans la montagne d'Aley, à une heure et demie en carriole. N'ayant pas souvent l'occasion de s'y rendre, elle s'entendit avec un cheik de son quartier. Il avait accepté qu'elle vienne prier dans sa mosquée à l'étage réservé aux femmes. Elle y allait à pied. Discrètement. Sans prévenir. Youssef ne se souvenait que très vaguement des rites partagés avec sa mère.

Comme elle voulait éviter à ses enfants de se bâtir une identité par opposition, comme elle l'avait fait, elle ne leur imposa rien. Elle les initia à tout, sans distinction. Aux lectures des écrivains les plus révolutionnaires, les plus croyants, et aux autres. Les agnostiques revenus à la foi.

Quand Youssef prit conscience de son influence sur sa mère, il eut peur du pouvoir des mots et se tut. Il l'avait réconfortée avec des mots qui n'étaient pas les siens. Il se crut possédé par un *djinn*. Dès le lendemain, il alla voir Irina qui fut très heureuse de voir arriver son « petit jeune », se leva du bar, s'approcha une bouteille de vin à la main, et lui tendit un verre. Il déclina l'invitation. Son refus inquiéta Irina. Youssef ne refusait jamais de trinquer. Elle posa bouteille et verre, passa ses deux mains et ses ongles disproportionnés dans les cheveux de Youssef, et lui demanda s'il allait bien : « Oh mon tout petit, tu as l'air tout pâle. Viens donc chez ton Irina. Aujourd'hui c'est gratuit ». Il hocha la tête.

« Non, Irina. Je suis venu faire mes adieux.

– Comment ça tes adieux ? Quels adieux, mon poulain ?

– J'ai trop senti mon corps. Je ne sens plus le reste. Hier, mon âme a parlé seule.

– Quel reste ? Quelle âme ? Comment ça seule ? Tu délires mon petit. »

Il essaya de lui expliquer qu'il était deux choses à la fois. Peut-être plus. Corps et âme.

« Corps, cœur, esprit, dit-il.

– Ça fait trois, répliqua-t-elle en remettant en place un sein qui débordait. Dommage. J'avais enfin trouvé la position », dit-elle tristement.

Avant de partir, il la serra dans ses bras. Pour la première fois, il la sentit fragile comme une enfant.

## 32

Youssef voulut entrer dans le silence et se plongea dans la lecture des récits mystiques. Il découvrait la foi comme on retourne en enfance. Cette période de sa vie allait durer trop longtemps pour son père, qui s'inquiétait que son fils de vingt-cinq ans n'ait toujours pas de profession. Yousssef ne trouvait rien de plus urgent que d'entrer en communion avec la Création. Il s'attela à renier ses désirs. Les rejetant comme s'il se punissait. Sensible à la beauté des femmes, il fit vœu de chasteté. Lorsque sa mère essaya, à maintes reprises mais en vain, d'attirer son attention sur une jolie Beyrouthine, elle ne soupçonnait pas son expérience intérieure et pensait qu'il devait avoir beaucoup souffert de l'abandon de Hafèz pour ainsi refuser de s'engager.

Lorsque Youssef rencontra un vieil ermite de la vallée de Kadisha, quelque chose prit fin. Ou commença. L'ermite, perché sur un rocher, héla Youssef et lui demanda de l'aider à descendre de son roc. « Je n'ai pas été assez sage, lui dit-il. J'aurais dû savoir qu'il ne faut jamais s'asseoir plus haut que le ciel. » Youssef ne comprit pas entièrement ses propos. Lorsqu'il lui parla, il se rendit compte que l'homme à la barbe était frappé d'amnésie depuis qu'un rocher s'était abattu sur lui. Il ne se souvenait de rien hormis des chants et des danses qu'il avait appris depuis l'enfance. Il avait grandi dans la tradition soufie, et avait eu pour maître spirituel un « grand », comme il le disait sans se souvenir de qui il s'agissait. L'ermite aurait pu être hindou, chrétien, juif, ou musulman. Il ne portait pas les habits des moines maronites habitant les grottes de la vallée. Youssef eut du mal à l'imaginer dans les rues de Beyrouth et trouva sain qu'il vive dans la nature sans appartenir à aucune confrérie spirituelle ou religieuse. Lorsqu'ils furent redescendus, l'ermite émit un son que Youssef crut venu des entrailles d'une grotte, avant de se rendre compte qu'il émanait de son compagnon. Le bruit était semblable à celui d'une cornemuse. Au fur et à mesure, l'ermite accompagna le son de mouvements réguliers. Lentement, doucement, avant d'entrer dans un mouvement rapide et circulaire proche de la transe. Comme une toupie à la recherche d'une énergie qu'il disait recevoir de Dieu et répandre sur la terre. Une paume levée vers le ciel. Une autre tournée vers le sol. Youssef eut la révélation de la beauté dans ce son circulaire. Celle dont parlait le prince Mychkine dans *L'Idiot* de Dostoïevski. Il avait lu toute l'œuvre de cet auteur qu'il déifiait. Il se souvint avoir pleuré en lisant « L'art sauvera le monde ». L'ermite était beau. Son invocation. L'énergie qu'il mettait à relier la terre au ciel. Un art proche de la perfection. À partir de ce jour, Youssef sut qu'il était appelé ailleurs.

# 33

Tu rencontras Youssef bien des années plus tard sur ce bateau qui t'emmenait à Naples. Youssef allait en Égypte pour travailler. Il avait fini par se lancer dans un commerce d'antiquités après avoir fait carrière dans l'archéologie. Il était passé d'un extrême à l'autre avant de trouver son équilibre. Dans la vallée, il avait découvert l'inexistence des contraires. « Il n'y a que des dépassements », s'était-il répété sur le chemin du retour vers Beyrouth après qu'il eut quitté l'ermite. Il avait couru à l'atelier, s'était précipité sur Melkon, installé derrière son établi, l'avait presque empoigné par le col pour lui dire : « Je sais désormais ce que je veux. La beauté et la civilisation. » Melkon l'avait regardé avec appréhension devant cette nouvelle lubie. Cette fois, Youssef ne mit pas d'exaltation dans ses propos. « Je veux trouver le lien entre la beauté et l'évolution des civilisations. » Il entreprit des études d'archéologie et se passionna pour les civilisations anciennes. La phénicienne, l'égyptienne, la sumérienne, la grecque. « L'Orient de tous les berceaux. Celui d'avant le Dieu unique », avait-il dit à son père qui l'enjoignait de se calmer. « La beauté, papa. La beauté. Je veux la faire. La savoir. La transmettre. Alors, peut-être, j'existerai. » Youssef pensait à l'ermite tourneur de la montagne. À l'harmonie du geste et du son. « La transe, papa, la transe est la limite de Dieu. » Il avait enfin compris ce que voulait dire l'ermite perché sur son rocher. Tout ce temps, Youssef avait voulu s'asseoir plus haut que le ciel sans se douter des transes possibles en soi-même.

Il laissa l'expérience mystique aux ermites et se donna entièrement à sa nouvelle passion des civilisations et à sa seule ambition – un vieux rêve appelé Paris. Brillant et motivé, il se fit remarquer par ses professeurs et obtint une bourse de l'école du Louvre. C'est sous le regard ému de sa mère qu'il partit pour Paris où il étudia l'archéologie et l'histoire des civilisations avant d'être embauché au service français des Antiquités, mandaté au Liban depuis la fin de la première guerre mondiale. Youssef s'y fit remarquer pour la perspicacité de ses analyses sur le terrain, et fut promu assistant des inspecteurs français chargés de missions archéologiques. Ainsi fut-il aux premières loges de chaque découverte. En parallèle de sa passion, il s'intéressait à la vente privée d'antiquités et devint marchand. Il ouvrit une boutique où il proposait des pièces anciennes cédées à bon prix par des héritiers désabusés qui ne savaient qu'en faire, ou ignorants de la valeur des legs, et, de vente en vente, eut rapidement pignon sur rue. Son commerce devint presque aussi prospère que celui de son père.

Youssef était donc appuyé sur le bastingage du bateau la première fois que vous aviez engagé la conversation. Tu portais une pile de livres et cherchais à garder l'équilibre sur une passerelle amarrée à la jetée. Sous tes pieds, la mer. Tu marchais en pensant au grand plouf de ta chute si par mégarde ton pied glissait. Tu étais concentrée et ne soupçonnais pas sa présence. Ta concentration l'avait fait sourire. Il s'était approché. « Puis-je vous aider, madame ? » Tu avais levé la tête et l'avais reconnu. Lui, l'homme que tu n'arrêtais pas de croiser depuis le début de cette croisière. Il te restait trois pas à faire avant d'arriver sur le pont. Tu tenais à maintenir ton équilibre toute seule et le lui dis. Il n'insista pas. Tu fis péniblement tes trois derniers pas. La passerelle te donnait le tournis. Une fois les pieds sur le pont, tu déposas les livres entres ses mains en poussant un soupir de soulagement.

Il aurait normalement dû quitter la croisière à Alexandrie. Il avait rendez-vous avec le conservateur de la Bibliothèque nationale de la ville. Il n'en fit rien et resta jusqu'à la dernière escale. Naples. Il descendit avec toi. Il ne t'apprit son changement de parcours que bien plus tard. Lui, d'habitude si consciencieux quand il s'agissait de travail, avait fait une exception. À cause d'une femme « déroutante, te dira-t-il, toujours en train de lire, aux gestes gracieux, aux attaches fines et aux yeux perçants ». Youssef avait été sensible à ta beauté. Quelque chose qui ne pourrait pas exister sans ascèse, avait-il pensé aussitôt qu'il t'avait vue. La beauté est une discipline. De cette affirmation,

Youssef ne dérogeait jamais. La mortification de sa jeunesse était loin derrière. Il avait fini par apprendre à pacifier sa peur en ne l'écartant pas. À ne rien renier. « Ne pas ouvrir une porte, te dira-t-il, c'est se condamner sans cesse au joug de ce que nous avons fui. » Tu l'avais rencontré alors qu'il refermait les portes de sa peur. Youssef avait été à l'étroit partout. Dans l'utérus de sa mère, la maison de son père, dans son âme incurable. Féru d'ésotérisme, il s'était noyé dans son ascèse. Youssef pouvait se priver de désirs pourvu qu'il ne souffrît pas d'être abandonné d'eux. Il se contentait d'absolu. Il voulait d'un amour surhumain. Il expliquait ainsi son célibat à ses parents qui ne comprenaient pas qu'à son âge il n'eût toujours pas trouvé d'épouse. Il passa les quinze années qui suivirent sa randonnée dans la vallée de Kadisha à s'occuper exclusivement de sa carrière. Et il y réussit. Tu avais entendu parler d'un jeune archéologue méritant. Son nom circulait en ville. Tu suivais de près l'actualité archéologique, étant toi-même en possession de monnaies, verres irisés et cachets égyptiens. Tu avais fait monter un cachet en forme de scarabée sur une monture travaillée par Melkon. Une bague dont tu ne te séparais jamais. Tu tombas des nues lorsque tu appris que Youssef était le fils de ton artisan préféré. Tu aimais beaucoup cet homme très digne de la rue des Bijoutiers, qui te recevait avec beaucoup de courtoisie. Ton amitié pour Youssef connut plusieurs mouvements. Doucement d'abord. *Andante molto e cantabile.* Délicatement, avec l'appréhension de ne rien briser. Lorsque, le temps et l'amitié aidant, les choses se firent ambiguës, Youssef vit sa crainte s'estomper, et ressentit le désir de s'installer dans votre relation. Un désir jamais éprouvé auparavant. La menace d'abandon avait disparu. Tu pris les devants. Tu ne voulais pas passer à l'*allegro molto* et lui récitas un poème de Sully Prudhomme :

*Mais la légère meurtrissure*
*Mordant le cristal chaque jour,*
*D'une marche invisible et sûre*
*En a fait lentement le tour [...]*
*Souvent aussi la main qu'on aime,*
*Effleurant le cœur, le meurtrit ; [...]*
*Toujours intact aux yeux du monde,*
*Il sent croître et pleurer tout bas ;*
*Sa blessure fine et profonde ;*
*Il est brisé, n'y touchez pas.*

## 34

Il comprenait ton désir de ne rien précipiter. Tu digérais encore ton ancienne douleur. Il la respectait. Il en souffrit dans son amour. Il se garda cependant de déclarer son désir. Il te répondit par une phrase de La Bruyère qu'il avait faite sienne du temps de ses renoncements. « L'on ne saurait passer de la plus forte amitié qu'à un amour faible. » Vous placiez tous deux l'amitié plus haut que l'amour. Dans sa forme épurée. Avec la possession en moins.

Vous parliez littérature, musique, peinture, sculpture. Avec le temps, tu te confias à lui. Lui racontas ton Phénicien aux yeux sombres. Sa mort, si jeune, alors que tu l'aimais au-delà de lui-même. Au-delà de toi. Il avait correspondu à tous tes idéaux de beauté, de laideur, de vice et d'amour. Car tu aimas tout en lui. Des qualités aux moindres défauts. Lorsqu'il mourut, tu crus que tu ne t'en remettrais pas. Au début, tu accusas la vie de faire ombrage au bonheur. Comme s'il fallait, pour une meilleure logique de l'humanité, que la vie soit une éternité pour ceux qui souffrent, une interruption abrupte pour ceux qui s'accommodent de bonheurs simples. Avait-il fallu que tu sois punie d'avoir été heureuse ? Tu t'accommodais quand même de ce que tu ne pouvais changer. Sur le lit de mort de ton mari, tu avais pris sa main, avais baissé la tête jusqu'à elle et posé tes lèvres. Tu étais certaine qu'il te sentait. Il venait tout juste de quitter son corps. Il ne devait pas être loin. Au moins te voyait-il faire le vœu, que tu formulas en secret, de te vouer à son absence. À trente-et-un ans, tu fis vœu de fidélité à cet homme mort trop vite. Tu lui offris le reste de ta vie. Pas le reste de ta joie. « La vie finit toujours par prendre le dessus. Sans jamais que l'oubli ne gagne la mémoire. » Tu terminais avec ce vers d'Hugo : « Mais toi, rien ne t'efface, amour ! »

Vous aviez uni vos expériences dans cette amitié amoureuse faite de respect et de sentiments inavoués. Cela intensifiait vos rencontres, ajoutant de l'indicible dans vos yeux, de la sensualité à vos gestes. Aucun de vous ne viola la volonté de l'autre de garder le désir à distance d'une amitié plus jumelle de l'amour que l'amour de lui-même. La guerre des Six Jours, les dernières décades de troubles au Proche-Orient et la création de l'État d'Israël furent le seul nuage, insidieux et grossissant, au-dessus d'une amitié paisible. Jusque-là vous aviez tout supporté de la vie. La mort. L'exode. L'Histoire et ses déportations. De ta grand-mère, tu avais gardé les récits de la Constantinople d'avant la haine. De son enfance sur les rives du Bosphore. Youssef ne s'était plus préoccupé de savoir si sa souffrance était arménienne, juive, ou existentielle. Il s'acclimatait à son pays d'adoption comme il l'avait fait de l'amour de Melkon. Youssef se sentait avant tout libanais et partageait avec toi la douceur de vivre de ce pays qui réussissait à allier la quiétude au chaos en dépit de tout.

Tout le temps que durèrent la seconde guerre et les rumeurs de déportations, la vie à Beyrouth suivit son cours. Les soirées. L'effervescence d'une nation reconnue depuis 1939, et indépendante depuis la fin du mandat français en 1941. Youssef vivait absorbé par ses recherches. Beyrouth, sept fois ensevelie sous terre par les tremblements et les tribulations de l'Histoire, regorgeait de vestiges. Il était occupé à déterrer les restes de ces civilisations comme on flirte avec des amantes capricieuses qui peu à peu vous extraient du monde. Il avait du mal à les entretenir toutes. Les Égyptiennes. Les Sumériennes. Les Gréco-romaines. Les Phéniciennes. Les Assyriennes. Vous aviez de longues conversations autour de Beyrouth la survivante. Il était loin le temps où il interrogeait sa foi. Youssef ne se souciait plus de savoir où il avait enterré sa culpabilité d'homme parmi les religions. Il cultivait la sensation de n'appartenir à aucun dieu, et recherchait partout le mystère. Nulle part il ne le trouva mieux que dans la terre. Tu disais de lui qu'il était un gynécologue auscultant le ventre de la terre. « L'univers nous efface, te disait-il. La terre seule conserve la beauté du monde. »

Lorsque les premières images de la Shoah arrivèrent à Beyrouth, Youssef n'avait encore jamais souffert en hébreu. L'effroi fit brusquement son chemin. Au début, il crut à un trucage de guerre. Un montage d'images. Il douta de sa vision. Tout le temps qu'avait duré la guerre, il avait suivi l'actualité distraitement, plus occupé à ses fouilles qu'à croire des rumeurs. Géographiquement, tout cela lui avait longtemps semblé lointain.

Après la découverte de ces images, la vie de sa mère changea radicalement. Jusque-là réfractaire à l'aveuglement de la foi, Rachel versa à partir de ce jour dans sa judéité, comme pour invectiver le silence de Dieu. Dès 1941, elle s'était recluse, arrêtant toute activité hormis l'angoisse. Elle en oublia son amour pour Melkon qui se rongeait les sangs. Elle ne pensait qu'à la gangrène de l'Histoire. Bien avant les images des camps, elle savait le monde atteint d'un cancer. Elle en pressentait l'ampleur de toute son intuition horrifiée. Elle répétait à qui voulait l'entendre : « La métastase est imminente. Imminente. » Rien ni personne n'avait pu l'apaiser. Pas même la défaite de la seconde bataille d'El-Alamein. Youssef avait pourtant tenté de la rassurer. Il avait eu beau lui dire que Churchill exultait en déclarant : « Ce n'est pas la fin. Ce n'est même pas le commencement de la fin. Mais c'est peut-être la fin du commencement. » Elle n'y voyait que la fin de l'humanité. Elle pleurait tous les soirs, visitée par les démons de l'Histoire.

L'angoisse était une marée à laquelle Youssef refusait de se laisser aller. Il était resté hermétique à la panique de Rachel. La beauté trouvée dans le sol libanais lui donnait l'impression d'être invincible. Occupé à reconstituer l'Histoire, il ne se rendait compte d'aucun gouffre ailleurs. « Le Liban est béni, disait-il.

Aucune laideur ne peut l'atteindre. » L'Histoire ne tarda pas à le contredire. Les premières images des camps furent le début d'une longue liste de laideurs. Lorsqu'il vit les premières photos des déportés, Youssef fut tenaillé par un sentiment plus aigu que l'effroi. Un trou sans écho. Il n'enfonça que mieux la tête dans ses cratères, espérant trouver la beauté dans une jarre, et assez de place dans un tombeau phénicien pour y laisser l'effroi. Sa mère ne survécut pas aux images. Melkon avait eu beau essayer de la détourner de la honte d'avoir survécu, elle commença à se laisser mourir la même année et rendit l'âme en janvier 1946, assassinée par l'image. Elle avait mis tant d'acharnement à s'informer de l'abjection qu'elle perdit le goût de vivre. « Savoir tue », lui avait dit Melkon qui la voyait s'enfoncer irrémédiablement dans la douleur.

Youssef associa les images des camps à la mort à sa mère, et remit à plus tard d'en souffrir. Jamais il n'en parla. Tu t'étais rendue aux condoléances de la femme de ton artisan joaillier, cette même année 1946, un jour de janvier où il pleuvait à verse. Tu n'y avais pas vu Youssef. Vous ne vous connaissiez pas encore. Personne d'ailleurs ne le vit. Durant les trois jours qui suivirent le décès de sa mère, il s'était rendu avec un sac à dos dans la vallée de Kadisha afin d'y recoller son âme. Il cria de toute la force de ses poumons, et chercha sous les arbres suffisamment de beauté pour l'aider à porter les orbites sans regard des prisonniers des camps. Lorsqu'il retourna à Beyrouth, il trouva Melkon plus veuf que jamais derrière son établi. Plus travailleur aussi. Le seul lien qui reliait désormais Melkon à la vie était son travail. Youssef fit comme son père, retourna à ses chantiers, sa vie et son ascèse. C'est ainsi qu'il te croisa sur le pont alors qu'il se rendait à Alexandrie. Il t'avait aperçue à contre-jour sur le bateau. La réverbération jouait avec ta silhouette. Il avait froncé les sourcils pour mieux voir. C'est lorsqu'il fut tout près qu'il se rendit compte de son inévitable amour. Toute sa douleur avait disparu d'un coup sur ce pont. Il eut peur de perdre la mémoire. Le soir, dans sa cabine, il interrogea sa mère morte. Il tenta de se souvenir des images des camps mais ne réussit qu'à voir ton visage irradié de silences et ton regard profond. Il avait retrouvé une saveur depuis longtemps perdue. Lui qui clamait à qui voulait l'entendre que la vie était une petite chose autour de laquelle nous faisions beaucoup de bruit, sut en te voyant que tu contenais assez de silence pour faire une différence. Il ne voulait pas faire de toi l'objet de sa douleur. Il ne te parla de ses fantômes que bien plus tard, occupé qu'il était à tisser d'amour inavoué votre amitié profonde.

# 35

Tout lui revint en mémoire lorsqu'il lut Primo Levi. « L'enfer, c'est là où il n'y a pas de pourquoi », te disait-il en le citant, non sans ajouter : « Mais alors comment traverser le feu ? » Tu fus la seule avec qui il parla du poids de la vie. Tu accompagnas sa culpabilité d'avoir survécu. Juif de toute une moitié de son sang, arménien d'adoption, il faisait le pont entre deux génocides. Il était deux fois rescapé. Deux fois coupable. Il en parla à son père, détruit par l'absence de Rachel et la douleur de son amour perdu. « Tu ne comprends pas, lui dit-il, tu ne comprends donc pas que tu vis par miracle. Tu es encore en vie, sauvé par la géographie. Par le hasard de ta naissance au bon endroit. Je suis sauf mais j'aurais dû être mort, tu m'entends ? Mort. » Il avait empoigné son père et le secouait. Ce dernier restait imperturbable devant son établi. Il ne comprenait pas. Il s'était enfermé dans l'absence de Rachel.

Youssef se raccrocha au Liban, ce pays à qui il devait tout. La vie. La haine de la vie. Son amour aussi. Lorsque la guerre des Six Jours eut lieu, la communauté israélite du Liban manifesta sa protestation contre les violences dans les territoires occupés. Youssef ne savait plus à quelle douleur appartenir. Était-il arabe, juif, arménien, libanais, orphelin de Hafèz, citoyen du monde, ou tout simplement disciple de sa vallée sacrée ? Lorsqu'il te regardait, il savait qu'il était adepte de tes yeux.

Un après-midi moite de l'été 1967, Youssef vint chez toi sans prévenir. Tu étais sortie de ta douche et ne te doutais pas de sa présence dans ton salon. Fawziya, ta vieille cuisinière de l'époque, avait oublié de t'annoncer la venue de monsieur. Avec l'âge, elle commençait à perdre la mémoire et vivait chaque instant déconnecté du précédent. Tu avais nonchalamment enfilé une *abaya* en coton bleu gris. Tu l'avais enfilée sans te sécher, espérant faire durer la sensation de fraîcheur. Ton corps humide collait au tissu par endroits. Tu entras dans ton salon sans te douter de sa présence. Il était installé dans le grand salon Art déco, sur un de tes fauteuils blancs cachés par un paravent japonais du XVI^e^ siècle. Tu t'étais dirigée vers le balcon attenant au salon. De là où il était assis, il pouvait observer chacun de tes gestes sans que tu le voies. Il resta un moment à te regarder relever tes cheveux en chignon sous le laurier rose de ton jardin. De loin ta nuque était de nacre. Le tissu humide moulait tes hanches. Jusque-là, Youssef s'était interdit d'imaginer tes formes pour ne pas briser en pensée votre pacte tacite. Il aurait pu rester longtemps dans la même position. Tu t'étais assise sur une chaise, avais posé tes jambes sur la balustrade, avais légèrement écarté les cuisses. Le vent s'engouffrait à peine.

Tu avais penché la tête en arrière, offrant ton buste, les épaules appuyées sur le dossier de ta chaise. Comme si tu abandonnais ton corps à ton âme. Youssef ferma les yeux. Pour un instant, il aurait voulu être une particule infime du vent. Pour te caresser. Te pénétrer. Il secoua la tête comme on se réveille, se leva sans bruit, se dirigea vers ta salle de bains, s'empara d'un peignoir, attendit que son désir s'estompe, et revint dans ton salon. Cette fois il prit soin d'annoncer sa présence en toussant. Tu entendis la toux, baissas tes jambes, te redressas, te levas et eus du mal à cacher ton trouble. Tu ne pensais qu'à ton corps humide moulé dans ta djellaba et fis comme si de rien n'était pour dissimuler ta gêne. Alors qu'il s'approchait de toi, tu t'exclamas en faisant mine de n'avoir pas remarqué le peignoir qui pendait de sa main : « Oh ! mais quelle belle surprise, Fawziya ne m'a pas avertie de ta présence. Donne-moi une seconde et je suis à toi », ajoutas-tu, embarrassée à l'idée d'avoir à arpenter le salon avec Youssef dans ton dos. Youssef souriait. Il ouvrit le peignoir et le posa sur tes épaules. « Pas besoin d'une seconde pour être à moi. J'ai ce qu'il te faut. » Après avoir joué sur l'ambiguïté, il s'assit près de toi. Tu repris place, sans voix. Tu pensais au peignoir qu'il avait posé sur tes épaules. S'il avait été le chercher, c'est qu'il était au courant de ta tenue. Nue sous le coton. Vous étiez restés longtemps sans parler cet après-midi-là. Youssef pensait à ton corps. Tu pensais à ses mains sur tes épaules. Tes pensées coloraient tes joues d'un rose aussi vif que celui de ton laurier. Lorsqu'il partit, tu retrouvas peu à peu tes esprits et réprimandas Fawziyah d'être si étourdie. Youssef n'en dormit pas de la nuit. Toi non plus. Le désir en resta là.

# 36

Lorsque Youssef t'annonça son départ pour l'Europe peu de temps après, tu crus sa décision liée à son désir. Vous aviez tous deux été surpris. Aucun de vous pourtant n'avait fait mine de le fuir. Vous étiez restés face à face, complices et troublés, l'accueillant comme un vieil ami attendu, et ne sachant comment en disposer. Peut-être partait-il afin que son désir ne porte pas atteinte à son vœu d'ascèse. Tu voulus lui dire que tu n'avais toi-même aucune intention de briser le pacte fait à l'absent. Il prit la parole en premier : « Je pars. »

Il avait l'air absorbé. Un moment tu crus qu'il divaguait. Il savait parfaitement de quoi il parlait. La situation au Moyen-Orient l'inquiétait. Ses rêves laïques s'évanouissaient. Tu avais beau essayer de le dissuader en évoquant ton Liban des persécutés, rien n'y faisait. Tu insistas. Druzes, maronites, juifs, chiites, sunnites, avaient tous trouvé refuge dans les monts de ce pays aussi généreux que les hanches d'Irina. Malgré toutes les bêtises et les manipulations de l'Histoire, ce pays avait toujours tenu sur ses pieds et sa pluralité. « Pas pour longtemps, te dit-il.

Le Liban vit ses dernières heures. Beyrouth se noie dans les paillettes et la gloire. Elle s'installe dans sa réputation de Suisse de l'Orient. De cité ivre. Beyrouth fait sa dernière danse du ventre dans une ivresse mortuaire. Le Liban n'aura bientôt plus d'autre choix que de s'engager. Pour ou contre un conflit qui ne sera pas le sien. Je pars pour être neutre comme on ne choisit pas entre deux enfants. Son pays, sa religion, le pays de sa religion. Je suis écrasé. La neutralité ici sera bientôt un crime. » Il haletait en parlant. Il enchaînait ses phrases comme s'il récitait des psaumes appris depuis longtemps. Tu ne comprenais pas son empressement à tirer des conclusions aussi brusquement. Il ne pouvait rester. Il voyait venir le chaos. Dans la vallée déjà, il avait fui l'extase. Youssef avait une propension à vouloir tout maîtriser. Partout il fuyait les possessions irréversibles. Rien, aucun chaos, ni le désir, ni même l'extase ne devaient avoir d'emprise sur sa volonté. Tu avais beau lui dire que naître était un chaos en soi, son pessimisme en matière de géopolitique restait intact. Tu ne t'étais pas doutée qu'il pût arriver à une décision aussi radicale, lui, toujours retranché dans ses chantiers. Le ciel aurait pu lui tomber sur la tête, il restait des heures à creuser pour une trace, une seule, de civilisation perdue. Jusque-là tu n'avais jamais rien perçu de sa détermination. Peut-être était-ce en déterrant un tombeau phénicien qu'il avait eu une vision. « Je pars, j'ai pris ma décision. J'espère me tromper... Mais pour moi le Liban est fini. » Tu l'interrompis comme on apaise un enfant en le détournant d'un cauchemar. « Mais enfin, et tes travaux ? Qui donc prendra le relais dans l'étude de tes civilisations ?

– Ce n'est plus une question de civilisations, mais d'humanité. »

Tu pensas à un caprice de sa part. C'est lorsque tu le vis liquider peu à peu ses avoirs, ses biens et son travail, que tu compris l'imminence de son départ. Il l'avait fixé pour la fin de l'année 1967. Il avait choisi sa destination. La France et les Droits de l'homme.

« Il y a trop de passions en Orient pour que les rêves ne se transforment pas en chaos. La politique déprave tout. La France est encore le pays qui oscille le mieux entre idéologie et société. » C'est en ces termes qu'il t'écrivit, aussitôt qu'il arriva à Paris, te suppliant de ne pas lui en vouloir de ce départ. De ne rien interrompre dans le cours de votre amitié. « J'ai besoin de m'éloigner, t'écrivit-il, des ressentiments de l'Orient. À chaque civil qui meurt, la paix tombe en enfer. Je pleure la perte du caractère universel, moral et humain des religions instrumentalisées. » Il terminait par une phrase de Menuhin : « Vous devez aimer si vous voulez être aimé, vous devez faire confiance si vous voulez qu'on vous fasse confiance, et servir si vous voulez qu'on vous serve. » Il acheva sa lettre ainsi : « Je ne peux rester dans un pays où il me sera impossible d'aimer, de faire confiance et de servir sans limites. » C'est Youssef qui te fit découvrir ce violoniste hors pair à qui tu allais vouer une autre de tes passions abstraites. Chaque fois que tu écoutais son violon, tu fermais les yeux, rassérénée par la vitalité des larmes que la beauté exhume.

# 37

Youssef reçut tes lettres avec passion à son adresse parisienne. Il ne lisait pas, il dévorait. Il y mettait la sensualité qu'il n'avait pu te manifester tout le temps que dura votre amitié. Il se prenait à rêver de ton mystère partout, sur les enveloppes, les timbres, les cachets. Il les tenait longtemps entre ses mains avant de s'attaquer à leur lecture. Les portait à son nez, espérant y trouver un reste de parfum. Il imaginait tes doigts sur le papier. Il ne les ouvrait pas, il les déshabillait comme il eût aimé le faire avec toi cet après-midi d'été où il s'était fait violence.

Lorsqu'il était parti, vous aviez évité les adieux. Tu connaissais ce vers du poète Haraucourt : « Partir c'est mourir un peu, c'est mourir à ce qu'on aime. » Tu lui fis promettre de ne pas trop mourir. Il avait souri, t'avait prise dans ses bras et t'avait enlacée. Tu étais restée les bras ballants dans l'étreinte, attendant que s'achève cet adieu. Tu avais ressenti une tristesse embarrassante. Tu avais attendu qu'il relâche son étreinte avant de lui dire : « J'ai quelque chose pour toi. » Tu avais couru comme une petite fille jusque dans ce corridor qui te servit plus tard d'abri, et le long duquel tu avais fait construire des armoires d'une hauteur de quatre mètres où tu rangeais tes livres, tes objets, tes collections de timbres et de monnaies anciennes. Tu les mettais sous clef, comme on cadenasse un mystère. Enfant, je m'avançais avec prudence dans ce corridor obscur. La peur me tenaillait à l'idée qu'un *djinn* sorte par le trou d'une serrure et me kidnappe. Je te demandais de boucher les trous avec du coton afin que je puisse évoluer librement d'une pièce à l'autre de ta maison. Ma première notion de relativité, je l'ai apprise dans ce corridor. J'en voyais le bout, mettais un pas après l'autre et n'arrivais jamais. J'étais noyée dans la peur et perdais la notion du temps. Une minute comme une éternité. J'étais certaine qu'à n'importe quel moment je pouvais basculer dans une dimension invisible à l'œil nu. Lorsque je t'en parlais, tu éclatais de rire.

« Ça s'appelle l'amour, me disais-tu.

– Amour ou pas, te répondais-je, ce monde est peuplé de lutins, de *djinns*, de cannibales, de sorciers, de sourciers aussi. »

Comme j'insistais, tu laissais mon imagination suivre son cours. Chaque matin, au réveil, tu déposais un petit sac rempli de bonbons à la pâte molle dont tu prenais soin d'enlever l'enveloppe afin que je n'en soupçonne pas la provenance. Tu écrasais légèrement la pâte avec tes doigts afin d'en altérer la forme. Tu laissais un mot sur un petit bout de papier. « Bonbons fabriqués au pays imaginaire. » Tu signais toujours d'un nom différent. Le *djinn*. Le lutin. Le sourcier des rêves.

Ce jour-là, dans ta précipitation, tu laissas Youssef dans ton salon. Il ne se serait jamais hasardé à te suivre sans que tu l'y invites. Après vingt ans d'une amitié quotidienne, vous aviez, sans jamais l'évoquer, la volonté commune de préserver le mystère. Il resta debout au milieu de ta grande entrée à regarder dans le miroir le reflet changeant de la statue de marbre sculptée par ton père. Lorsque tu revins, tu avais extrait d'une armoire de ton corridor une poterie dont tu étais fière. Le prisme à six pans qu'un vieil homme t'avait offert. Le jour où tu l'avais croisé, l'homme t'avait fait pitié. Il déambulait en haillons parmi les piétons lorsqu'il s'était approché de toi avec une boîte de *chicklets* dans la main. Il te tendit son paquet. Tu le refusas avec un sourire pressé mais sincère. Tu étais attendue et t'apprêtais à continuer ton chemin. « Merci de sourire, t'avait-il dit. Ce n'est pas commun. Rien ne sourit ici. Pas même le bitume. » Tu voulus t'excuser d'un autre sourire et te précipiter à ton rendez-vous, mais il te retint de sa main aux ongles noircis. Il voulait parler. Te révéler sa vie. Il était si vieux que tu crus que sa vie serait longue. Il était déterminé à te la raconter. Tu aurais pu partir quand même, mais il avait aiguisé ta curiosité. « Je suis né du temps de l'Empire ottoman, te dit-il, du temps où les frontières n'étaient pas délimitées. Où un pays commençait simplement avant que n'en finisse un autre. »

Né dans une famille de paysans quelque part entre la Palestine, le Liban et la Syrie, sur un territoire situé à l'intérieur des cadastres libanais datés des années 1920, le vieil homme avait migré avec ses parents, en 1900, vers le nord de la Palestine. « Je suis libanais », t'avait-il dit, en brandissant une carte d'identité au papier aussi jauni que ses dents. Son père, artisan cordonnier, s'était installé dans un petit village à quelques kilomètres de Haïfa. Il avait transmis le métier à son fils qui se rendait régulièrement en ville pour vendre leur marchandise. « J'ai voulu pour mon fils le même métier, mais il a refusé. Comme je ne pouvais pas lui en offrir un autre, il est parti, et a réussi à avoir une bourse à l'Université hébraïque de Jérusalem. Mon fils m'en veut d'être si mal nanti. Il ne parle de moi à aucun de ses camarades. Lorsque l'État d'Israël a été créé, il était étudiant. Avant Israël, il refusait l'occupation britannique. Après Israël, il refusa l'occupation de la Palestine. Mon fils voudrait refaire le monde. Il est né avec cette idée. Il a monté un parti étudiant en protestation contre toute occupation. Bien que pacifique, le parti parut suspect. Il fut arrêté et emprisonné durant trois ans au bout desquels ils lui donnèrent le choix entre se battre juridiquement contre le système, c'est-à-dire la perpétuité, ou rentrer au Liban avec interdiction formelle de remettre les pieds en Israël. Il eut du mal à choisir. Sa binationalité l'a sauvé des geôles en le condamnant à l'exode. Il se sent plus palestinien que libanais. Moi je me sens de la terre. J'ai toujours pensé que c'est dangereux de trop étudier. Il a fini par être relâché et largué à la frontière libanaise. Il était encore en prison lorsque j'ai reçu la visite d'une bande d'hommes cagoulés, sur mon lieu de travail. J'étais en train de planter du persil à l'arrière de mon atelier, lorsque j'ai été pris au collet par trois hommes. Après m'avoir menacé, ils m'ont promis la libération de mon fils si je quittais la Palestine. Je suis parti sans demander mon reste. J'ai tout abandonné. Mon atelier, mes outils, mon établi. J'aurais pu rester. Défendre ma terre jusqu'au sang. Je n'ai plus de sang. Je me suis installé au Liban à proximité du camp de réfugiés de Chatila. Mon fils refuse de rester avec moi. Il appelle ça un “ taudis inutile ”. Il aurait voulu que je vive à l'intérieur des camps, avec la résistance armée. Il pense qu'à l'intérieur, les taudis ont une cause. Je suis contre les armes. Quand bien même je le voudrais, je ne sais pas tuer. J'ai perdu espoir de le convaincre. Je le laisse faire sans l'encombrer de ma personne. Je me débrouille seul en vendant ce que je peux aux passants. À mon âge, je n'ai pas de gros besoins. Mon bonheur se limite à mes concombres. De toute manière, je ne veux pas vous retenir, vous sembliez pressée tout à l'heure. »

Tu en avais presque oublié ton rendez-vous. Tu étais absorbée par son récit. Le vieux te rappelait à l'ordre du temps. Il ajouta : « Je voulais juste vous remettre un porte-bonheur pour vous remercier de votre sourire. » Il sortit de sa poche un objet. Le prisme à six pans en terre cuite. « C'est pour la chance, te dit-il. Je vous l'offre. » Tu pensas qu'il demandait l'aumône avec la dignité qu'il lui restait. Tu mis ta main dans ton sac et voulus en tirer quelque chose en remerciement de ce cadeau qu'il insistait à t'offrir et que tu ne pouvais refuser sans l'offenser. « Laissez-moi au moins le payer, lui dis-tu. Votre prix sera le mien. » Te taire eût été plus digne. Son expression changea, devint triste, puis il trouva suffisamment de force pour te regarder dans les yeux. « Madame, je vous parle de chance. Ça ne s'achète pas. » Sa silhouette ratatinée avait disparu au coin de la rue. Tu eus beau revenir traîner dans les parages, jamais tu ne le revis. Tu aurais voulu savoir comment il s'était trouvé en possession de cette pièce, apparemment ancienne. Tu ne t'y connaissais pas en langues sémitiques, mais assez en archéologie pour deviner la rareté de l'objet. Lorsque tu étais rentrée chez toi, l'idée d'un vol effleura ta pensée. Mais le visage ridé du vieux, ses petits yeux blessés te revinrent en mémoire. Tu chassas l'idée de ta tête. Tu erras souvent du côté de la rue où tu l'avais croisé et fus déçue de ne jamais le retrouver. Tu en vins à croire que tu avais imaginé la scène. Sans le prisme, tu aurais cru à un mirage.

## 38

Lorsque tu le lui offris, Youssef te sermonna. « Mais quelle folie as-tu encore faite ? Tu n'aurais pas dû. Ça a dû te coûter une fortune. » Il connaissait bien les antiquaires de Beyrouth et leurs talents de commerçants. La valeur du prisme t'importait bien moins que la promesse de chance du vieux au coin de la rue. Tu étais nostalgique, et eus presque un pincement au cœur en offrant l'objet car tu eus l'impression d'abandonner ainsi le vieil homme. Tu te gardas de faire le récit des circonstances dans lesquelles tu avais récupéré ce prisme. Tu savais Youssef intraitable aussitôt qu'il était question d'acquisition douteuse. Persuadée que le hasard de ta rencontre n'était pas un délit, tu pris un air détaché et répliquas : « J'ai mes sources. » Youssef avait souri à ton air espiègle. Sur chaque face du prisme se trouvaient des inscriptions en caractères cunéiformes. Il ausculta l'objet, très intrigué, et déclara subitement comme s'il venait d'être frappé par une illumination : « Akkadienne. Époque akkadienne. » Tu ne t'étais pas préoccupée de savoir si le prisme était un vrai ou un faux, ni à quelle époque il appartenait. Il était beau en soi et t'avait aussitôt fascinée. Les premiers soirs, tu ouvrais l'armoire, prenais le prisme avec précaution et l'observais longuement. Le tournais et le retournais. Tu imaginas une légende pour chaque pan et eus bientôt une certitude : ce prisme était une clef.

Son premier détenteur avait dû être un prêtre phénicien. Il avait aperçu l'objet dans les broussailles d'une petite colline de la vallée de la Bekaa, voilà environ six mille ans. Lorsqu'il s'en était approché, ses genoux avaient fléchi. À peine avait-il retiré le prisme du sol où il était enfoui qu'il avait senti une chaleur insoutenable lui traverser le corps. Une légende populaire raconte qu'il avait touché au noyau de la terre. Érudit et dévoué au culte de Ba'al, une divinité de la végétation, le prêtre attribua les inscriptions à la main de son dieu. Il était convaincu qu'il avait touché à Ba'al lui-même.

Lorsqu'il eut décrypté cinq pans, il eut peur de la vérité. De la colère de Ba'al. Il prit le prisme et marcha plusieurs jours et plusieurs nuits à travers les montagnes du Liban. Lorsqu'il arriva sur une petite colline escarpée à l'ouest de la Bekaa, il trouva une roche rouge. Une roche avec un creux de vingt centimètres de hauteur. Comme si un magnétisme opérait, le prisme devint chaud dans sa main. Puis de plus en plus brûlant au fur et à mesure qu'il se rapprochait de la roche. Il l'aurait bien lâché mais il ne pouvait pas. La brûlure lui rongeait la paume. Sa main se mit à obéir au prisme qui bougeait seul, défiant les lois de la pesanteur. Le creux le happait. Le prêtre se rapprocha au point ne plus pouvoir reculer. La roche agissait comme un aimant. Le prisme s'emboîta dans la roche. Il retira sa main précipitamment. La roche avait tout avalé. Le prisme. La vérité. La colère de Ba'al. Tout, sauf sa main. Il en ressentit un soulagement immédiat. Seuls deux pans du prisme ressortaient de la roche. Les autres avaient été engloutis par la pierre.

Lorsque tu offris le prisme à Youssef, il eut peur de ton récit. Du prisme et de sa promesse. Tu eus beau lui assurer que tu avais inventé la légende, Youssef ne prenait aucune mythologie à la légère, quand bien même il ne croyait dans aucune. Que ta légende puisse tenir la route lui faisait froid dans le dos. Il pensait à Ba'al. À ses maléfices. Ta légende collait si bien à l'objet que Youssef décida de s'en tenir là. Il arrêta d'ausculter le prisme et le prit pour ce qu'il était. Un geste de transmission. « C'est pour toi, lui avais-tu dit. Si tu trouves Ba'al en forant un trou, tu pourras le lui rendre. » Tu éclatas de rire. Youssef resta grave.

La promesse de bonheur, ton sourire et tes supplications, vinrent à bout du besoin viscéral de Youssef de tout élucider. Son visage se dérida, laissant place à un vaste sourire. « Je t'en prie, lui avais-tu dit pour finir. Pour que la chance soit avec toi, analyse tout, sauf ce prisme. »

# 39

Lorsque Youssef partit, tu ne savais pas si la distance allait changer quelque chose à votre amitié. Si la distance allait intensifier le désir. Si son absence intensifierait l'attente, qui intensifierait le manque. Pour la première fois, dans tes lettres, tu eus le courage de lui dire que tu l'aimais. En exergue de l'une d'elle, tu traças de ton écriture penchée ces vers d'Éluard :

*Et je ne sais plus tant je t'aime*
*Lequel de nous deux est absent.*

Youssef répondait à tes lettres sans attendre. Tu les postais 60 rue Gay-Lussac, 5$^{e}$ arrondissement de Paris. Il répondait le lendemain de leur arrivée. C'est dans cette rue qu'il résida dès décembre 1967. Il y avait loué deux pièces reliées par un balconnet. L'appartement se trouvait au deuxième étage d'un immeuble haussmannien. Youssef aima tout de suite le balconnet et la cour fleurie de l'immeuble, qui jouxtait la loge de Rose, la concierge. Courbée à force de vieillir, Rose écoutait en boucle Fréhel, née elle aussi dans une loge de concierge. Rose avait des doigts verts, une robe grise rayée, et un air absent dont elle ne s'extrayait qu'au passage du nouveau locataire du deuxième étage. Elle passait le plus clair de son temps à jardiner avec une tendresse démesurée. Il semblait à Youssef qu'elle parlait à ses plantes. Parfois elle chantonnait un air de Fréhel. « Mon cœur n'a a pas vieilli, pourtant où sont tous mes amants [...] Je suis esclave des souvenirs. » Elle avait planté dans un petit bac un semblant de potager avec de la roquette, des tomates cerises et du persil. Dans un autre, suffisamment profond, une culture de courges. Elle avait une dent en or au milieu d'un sourire qu'elle n'adressait qu'à Youssef. Ce dernier appréhendait que la dent ne tombe en plein sourire, et lui rendait la pareille en courbant légèrement la tête dans un signe discret de garde-à-vous. « Il n'y a plus d'hommes galants, monsieur Youssef », lui disait-elle en se contorsionnant. Rose avait un faible pour « l'étranger », comme elle l'appelait, et de temps en temps lui portait une assiette de potage de courge.

Complice de votre correspondance, Rose remettait les lettres à Youssef avec une régularité de métronome. Dès qu'elle l'entrevoyait, elle laissait tout tomber. Sécateur, engrais, arrosoir, bac à fleurs. Plus rien n'avait d'intérêt à ses yeux. Elle se précipitait dans sa loge, s'emparait des lettres et les lui tendait, haletante. « C'est du Liban », lui disait-elle, pressée de voir l'expression de son interlocuteur changer. Elle ne lâchait pas son visage des yeux. Elle voulait voir la joie envahir graduellement ses traits comme une marée, creusant des sillons sur le front, les joues, les commissures des yeux. Elle restait debout, la lettre tendue dans sa direction. Elle insistait pour l'appeler par son nom arabe. Youssef avait beau lui rappeler le prénom qu'il avait choisi d'adopter aussitôt ses bagages posés sur le sol parisien.

« Joseph, madame Rose, lui disait-il calmement, je m'appelle Joseph.

– Oui monsieur Youssef », répondait-elle en rougissant au son de sa voix chaude.

Elle, la si vieille et si laide concierge du 60 rue Gay-Lussac, s'était habituée à ce qu'on ne la remarque pas. Jamais Youssef n'avait omis de saluer cette silhouette affairée à ses plantes. La première fois qu'il lui avait adressé un bonjour, Rose était restée avec son arrosoir, penchée, face contre le mur, avant de réaliser que quelqu'un s'adressait à elle pour autre chose qu'un service de copropriété. Elle ne réalisa qu'au moment où l'eau de son arrosoir eut fini de couler. Elle trouvait indécent de vibrer encore à son âge. Sa silhouette longiligne, ses mains d'aristocrate et ses cheveux poivre et sel, provoquaient en elle un émoi d'adolescente. Elle se mit à guetter les allers et venues des facteurs. Elle avait constaté que le seul événement qui arrachait Youssef de son monde était l'arrivée de ces lettres en provenance du Liban. Elle voulait être aux premières loges du bonheur de Youssef et se mit à espérer sans relâche les enveloppes aux timbres-poste porteurs de joie. Il fallait coûte que coûte qu'elle en soit la messagère exclusive. Elle fit du mieux qu'elle put. Attendait. Vérifiait le timbre. Se précipitait. Haranguait le facteur lorsqu'il ne portait rien. Elle avait beau avoir de plus en plus de mal à pousser la grande porte en bois de l'entrée devenue trop lourde pour ses vieux os, elle ne reculait devant rien pour un seul sourire de Youssef. Elle aurait même fait le voyage jusqu'à ce pays dont elle ne savait rien, aurait frappé à la porte de cette correspondante et l'aurait suppliée d'écrire plus souvent sans se soucier de savoir si l'abondance tuait la joie. Que Youssef rôdât autour de la boite aux lettres lui faisait l'effet d'un poignard. Lorsqu'il n'y avait pas de lettre, elle s'activait à ses plantes, incapable de lui annoncer cette absence. Le reste du temps, elle accourait, autant que ses jambes le lui permettaient, en agitant un petit carré blanc. Parfois un rectangle. Une enveloppe avec de la joie dedans.

## 40

*Mais l'amour n'est-il pas, quand il est sublime, une éternelle séparation ?*

C'est en recopiant cette phrase de la correspondance de Rilke et de Merline que Youssef répondit à tes vers d'Éluard. Vous aviez mis la littérature au service de vos sentiments. Ne voulant rien avouer trop ouvertement, vous vous adressiez l'un à l'autre de manière détournée. De vos lettres aurait pu être extraite une anthologie de citations amoureuses. Ainsi fut respectée votre ascèse, dans une amitié où rien n'était énoncé. Puis vint le jour, comme il en vient toujours un, où l'on franchit les limites. Youssef écrivit :

> *Jamais je ne cesserai de t'aimer dussé-je être condamné à l'immortalité. J'ai peur de me noyer dans le puits de nos lettres. Je me tiens sur le rebord des phrases, je ferme les yeux et saute comme un enfant qui entreprend un plongeon dans l'amour. Je sais déjà en sautant que cette chute durera longtemps. Qu'à son bout je trouverai l'absence comme un nœud coulant. J'ai peur que tes yeux ne me quittent comme*

*l'enfance. Que cet amour, dont nous étions conscients qu'il ne durerait qu'en privilégiant nos quêtes intérieures, ne devienne une habitude usée par la distance. Sens-tu comme moi l'évidence du manque et la menace de nous en lasser ? La promiscuité de nos âmes et la peur qu'elle ne finisse. Peut-être nous sommes-nous aimés avec négligence, pensant que l'avenir nous était acquis. Que nous pouvions tout contrôler et indéfiniment refuser le désir. Mais remet-on à plus tard de respirer ? N'étions-nous pas imprudents, peut-être insolents, de penser détenir un pouvoir sur la vie ? Cet instinct-là qui n'est peut-être que de Dieu. Que pensions-nous défier et qui ? Tu aurais été chair que je n'aurais vu de toi que ton âme. Même hideuse je t'aurais aimée, adorée pour ces grands yeux perçants où la vérité ressemble à un guerrier blessé. Ne pas céder au désir, n'est-ce pas y céder autrement en le prolongeant du manque inassouvi ? Sans doute contrôlions-nous nos corps. Pourtant tout ce remords d'être passés à côté de nos peaux. Je suis parti, comme tu le sais, pour des raisons personnelles dans un contexte politique. Pour mon incapacité à rester là où mon intégrité d'homme n'avait plus de place. Tu me demandes si je souffre de l'exil. Il n'y a d'exil qu'en amour. Dans tes mots je trouve ma rédemption et ce qui me cloue. Je suis hanté par ce que nous n'avons pas vécu.*

*De la part de ton éternel ami*

C'est par ces vers d'Anna de Noailles que tu répondis à la lettre de Youssef :

*Que ma sagesse seule agisse sur mon cœur,*
*Et que je ne sois plus cet éternel vainqueur*

*Qui, marchant le premier, sans prudence et sans peur, [...]*
*Semble un dieu délaissé, debout sur l'horizon.*

Tiraillée entre un désir exacerbé par la distance et celui que vous aviez fui.

*Cher Youssef,*

*Nous vécûmes dans la peur de laisser la passion à portée de nos âmes. Sans doute avions-nous craint d'être des dieux cassés. Pas même debout. Nous voilà réduits à nous convaincre du bien-fondé des vœux d'ascèses qui nous y poussèrent. La nature est étrange. Les feuilles d'arbres ne sont identiques que par miracle. Rien, ni aucune science, même la plus précise, ne viendra à bout des puits que nous sommes. J'ai dans les veines des fragments d'atomes orphelins de toi. Tous prononcent ton nom, défiant une raison que je place à altitude égale avec l'amour. Tu as peur de l'oubli. Tu me demandes si je t'aime comme avant. Compare-t-on comme on aime ? On aime comme on est.*

Ne demande rien, mon amour ;
Ne bouge pas, reste en place ; [...]
J'observe aux confins du vertige
La stupeur de ne pas mourir.

*De cette stupeur-là est né l'amour, comme un suicide. Nous étions occupés au vertige des renoncements. Durant vingt ans je te fus redevable d'avoir respecté le vœu fait à l'absent sur son lit de mort. Jamais tu n'entrepris d'aller au-delà de l'ambiguïté. Je ne voulais donner mon désir en pâture à personne, pensant ne pas avoir deux fois le droit aux amours essentielles. Il a fallu que tu sois toi, la victime de ce vœu. J'ai toujours eu besoin de la soif. Tu me l'as offerte, subtile et sublime. Je me laisse désormais posséder par tes mains absentes et me rends compte du manque. Il a fallu ton départ pour que nous avouions nos sentiments. Notre amour est une douleur que certains qualifieront d'absurde, et d'autres d'exercice masochiste. Je me console en me raccrochant à cette phrase d'Einstein : « Si l'idée n'est pas a priori absurde, elle est sans espoir. » Peut-être qu'a priori, l'amour naît du néant. J'avance dans le seul but de t'espérer, convaincue qu'aucun amour n'est une erreur quelle que soit la forme de l'absurde. Vois-tu, l'argent n'est pas absurde. Le monde n'espère plus. Et nous sommes heureusement dotés de richesses absurdes.*

*Je t'embrasse de toute mon âme, mon cher ami. Mes pensées défient la distance et le temps depuis ton départ. Pas un jour ne se passe sans que je pense à toi.*

*Ton amie*

## 41

LORSQUE TU ÉCRIVIS CETTE LETTRE, le 7 mai 1968, tu avais eu vent des manifestations estudiantines de la Sorbonne et de la grève qui s'ensuivit mais ne te doutais pas de leurs conséquences. Tout se passa très vite. Chaque lettre que tu postais te mettait dans l'attente d'une réponse. Tu t'accommodais de cette excitation. Tu t'en nourrissais, rêvant à la vie de Youssef à Paris, sublimant celle qui aurait pu être vôtre si vos ascèses respectives n'avaient pas existé. Une semaine après tes envois, tu ne tenais plus en place. Souvent tu écrivais une nouvelle lettre avant d'avoir reçu une réponse à la précédente. Tu demandais à ton chauffeur de se rendre à la poste – parfois deux fois par jour – s'enquérir du sort de ces fameuses lettres aux timbres français. Ce mois de mai, tu allais attendre plus longuement qu'à ton habitude.

C'est lorsque les nouvelles d'un Paris assiégé arrivèrent à Beyrouth que tu t'inquiétas. Au début, l'idée te parut saugrenue. Assiégée par qui ? Voilà que Paris, libérée une vingtaine d'années plus tôt de ses occupants allemands, était occupée à nouveau.

Lorsque tu cherchas à comprendre, tu fis toutes sortes de liens avec le reste du monde. Depuis l'assassinat de Che Guevara et de Martin Luther King jusqu'aux manifestations contestataires contre la guerre du Vietnam, en passant par les embryons du printemps de Prague et les vents de liberté levés dans les capitales du monde, les jeunesses étaient conscientes des désastres de l'impérialisme. Exaspérée par le régime gaulliste, la France aussi descendit dans la rue. La jeunesse se soulevait contre l'ordre établi. Si tu avais été sur place, sans doute aurais-tu adhéré au changement car tu aimais la nature, ses fleuves et ses saisons. Tu savais qu'on n'opprime rien ni personne indéfiniment. « Un ressort compressé finit toujours par vous sauter à la figure », disais-tu à mes parents lorsqu'ils se plaignaient que je leur donne du fil à retordre. C'est ainsi que mes parents m'appelaient. « Fil à retordre ». Leur façon à eux d'exprimer leur tendresse.

« Pour une révolution, me disais-tu, il faut une poignée de cerveaux et une masse de suiveurs. » Tu eus peur que l'anarchie ne rattrape Youssef, lui qui avait fui le chaos du Moyen-Orient. Voilà que la France aussi faisait sa révolution. Tu te mis à suivre assidûment les nouvelles sur ton poste de télévision en noir et blanc. Il n'y avait qu'une seule chaîne qui émettait sur trois canaux. Télé Liban 1, TL2, TL3. Chacune était destinée à un public précis. À l'époque, tu te contentais du canal en langue française. C'était avant la guerre et la nécessité de devoir survivre en arabe avec les combattants. Le canal n'émettait que parcimonieusement, et tu restais sur ta faim quant au déroulement des événements. Tu te mis à acheter consciencieusement Match. Longtemps après 1968, tu continuas de t'adonner à ta passion de collectionner les numéros de cette revue. Tu te rendais chez un relieur qui les classait par années. Pour mes dix-huit ans, tu me fis cadeau de vingt années de Match reliées. Tu étais venue chez mes parents avec des caisses charriées par ton jardinier et ton chauffeur. Ma mère, une femme efficace, t'avait regardée, intriguée par ta collection.

« À quoi te sert-elle ? C'est encombrant. Ça prend de la place inutilement.

– C'est pour ta fille, lui avais-tu répondu. Elle aime écrire, il faut qu'elle commence à vivre avec les archives du siècle. »

Ma mère faillit tomber en syncope. Je développai une allergie aux acariens des papiers jaunis par l'humidité et la poussière. Mais j'étais heureuse.

## 42

TU AVAIS BEAU SAVOIR Youssef prudent, personne n'est à l'abri de son destin. Tu t'étais rendue chez ton libraire afin d'acheter une carte de Paris. Tu fis tes investigations à la loupe. Tu voulais t'assurer de sa sécurité. Tu cherchas Gay-Lussac sur la carte, tombas au milieu du quartier Latin et faillis t'évanouir. Youssef habitait au cœur du chaos. La guerre des pavés était à son apogée dans les 6$^{e}$ et 5$^{e}$ arrondissements, et Youssef n'était pas loin. « C'est sûr, pensas-tu, sa rue doit ressembler à un champ de ruines, et sa porte d'immeuble est obstruée par un tas de pavés si haut que Youssef doit être contraint de rester chez lui. » L'était-il ? Manifestait-il ? L'idée de le perdre te minait. Tu étais sans nouvelles de lui. Aucune lettre. Le silence dans ta boîte aux lettres, comme un gouffre. Seuls les slogans qui faisaient rage à Paris arrivaient jusqu'à Beyrouth. Sur un mur de la Sorbonne : *La vie est ailleurs.* Tu aimais les graffitis que tu relevais dans les revues. À Censier : *Soyez réalistes, demandez l'impossible.* Rue Dauphine : *Le pouvoir sur ta vie, tu le tiens de toi-même.* Tu fis ta sélection parmi ceux que tu approuvais. Pour le reste, tu craignis l'utopie néanmoins nécessaire. « On peut tuer aussi pour la beauté », disais-tu. Tu assimilais révolutions, libertés et passions à des rodéos. « Le tout, ajoutais-tu, est de ne pas finir piétiné. »

Tu te morfondais. Il te fallait des détails. Tu suivais attentivement les noms des blessés, des morts et des manifestants arrêtés. Youssef n'était pas anarchiste au point de se ranger au premier rang des bousculades. Tu te raccrochas à l'idée de sa prudence.

Il partageait les valeurs portées par la République française, avait quitté le Liban à cause de son chaos et en trouvait un autre dans les rues de Paris. Il s'était installé cinq mois à peine avant que la première manifestation n'eût lieu, et toutes les autres, la « nuit des barricades » et celle des pavés. Habitué à ceux de l'Orient, il mit un moment avant de comprendre les codes de ce nouveau chaos dont il s'écarta, trouvant refuge chez lui, rue Gay-Lussac. Dès son arrivée, il avait été pris au collet par cette ville où la pensée est une moisson fertile. Il s'était procuré toute la littérature des penseurs de l'époque. Baudrillard. Sartre. Levinas. C'est lorsqu'il acheta toute l'œuvre d'Herbert Marcuse qu'il s'enferma chez lui pour de bon. Il ne voulait pas se tromper d'anarchie et décortiquait en détail chaque phrase, faisant de ses lectures une étude comparée. Youssef avait toujours eu du mal à se ranger quelque part. Il ne comprenait pas le besoin de toujours prendre parti. Extrême gauche. Extrême droite. Extrême centre. Lui qui, depuis Irina, s'était juré de ne plus s'adonner à l'extrême.

Le 2 mai 1968, il était rentré chez lui chargé de livres. Il avait croisé Rose dans la cour de l'immeuble avec son arrosoir, l'avait saluée comme à son habitude puis il avait demandé si elle avait quelque chose pour lui. Rose avait répondu tristement par la négative avant de le voir s'engouffrer dans la cage d'escalier. À compter de ce moment, il mit quinze jours et autant de nuits à sortir de chez lui. Il lut Marcuse pour comprendre la rue. La technologie de masse. L'asservissement à la productivité urgente. La révolte de « l'homme unidimensionnel ». Quand il eut fini, il recommença. Lisant et relisant Marcuse inlassablement jusqu'à en extraire une phrase dont il fit un étendard. « Les camps de concentration, les génocides, les guerres mondiales et les bombes atomiques ne sont pas des rechutes dans la barbarie, mais les résultats effrénés des conquêtes modernes, de la technique et de sa domination. » Cette lecture, sans doute, fit la différence. Car, à cet instant, il adhéra au chamboulement social, civique, idéologique, politique et économique du mois de mai.

Tout le temps qu'avait duré la réclusion de Youssef, Rose s'était inquiétée de ne plus le croiser. Au début elle crut à un mirage. Peut-être était-il sorti à des heures où elle restait dans sa loge. Elle se mit à épier ses absences et rôda dans la cour, de l'aube jusqu'au soir, craignant de manquer son passage. Elle ne voulait le rater en aucun cas. Une nuit, elle s'assoupit sur la banquette en bois posée en face du grand miroir de l'entrée. Au réveil, elle eut honte à l'idée que Youssef, désireux de prendre l'air, ait pu la croiser sur la banquette. Elle décida d'en avoir le cœur net et alla ramasser des courges. Elle prépara de la soupe, prit sa douche, mit une robe rayée toute propre et versa dans un récipient quelques louches du potage destiné au locataire du second. Elle se rendit sur son palier et sonna. Youssef mit du temps avant d'ouvrir. Elle resta un moment devant la porte à supputer sa mort. Peut-être s'était-il suicidé à cause des lettres. Trop d'attente. Tout ce temps elle avait associé son enfermement à un chagrin d'amour.

En s'installant à Paris, Youssef ne s'était pas douté que bientôt, au 60 Gay-Lussac, rien ne serait plus à sa place. Aucune voiture. Aucun pavé. Aucun étudiant. Plus de facteur non plus. Sa boîte aux lettres allait rester désespérément vide pendant plus d'un mois. À son arrivée sur place, cinq mois plus tôt, Youssef n'avait pas cherché à trouver du travail tout de suite. Il avait voulu prendre le temps de ne pas se tromper de choix professionnels et avait hésité entre un poste au laboratoire archéologique du CNRS, et un poste de professeur à l'école du Louvre. En trente ans, il était passé d'expérience en expérience. Érotique dans les bras d'Irina. Mystique dans la vallée de Kadisha. Platonique avec toi. Il voulait vivre chacune avec intensité. Découvrir Paris comme on déshabille une femme sans la toucher.

# 43

Lorsque le parquet craqua, Rose faillit renverser son potage et fut soulagée d'entendre le verrou de la porte. Youssef ouvrit avec un visage hirsute et amaigri, des cheveux en bataille et une barbe de plusieurs jours. Il avait passé deux semaines à ne rien faire sinon lire, comparer, et ausculter ton prisme en le caressant. Il lisait d'une main et, de l'autre, il tenait l'objet en terre cuite, essayant de ressentir le grain de la matière dans laquelle il avait été sculpté. Il se souvenait de ton grain de peau intouché, seulement deviné. Plus il était hanté par tes attaches fines, plus il touchait le prisme comme on palpe la matière des choses révolues. Il voulait s'assurer que l'amour n'était pas un mirage. Il se souvint de la légende de Ba'al. Il prit la soupe à la courge de Rose, remercia, referma la porte et ressentit l'urgence brutale d'aller à la rencontre de la rue. Rose était restée là un instant, la porte fermée pour horizon, avant de retourner dans sa loge. On lui avait changé monsieur Youssef. Il ne l'avait pas même saluée. C'était à peine s'il l'avait vue. Youssef se rasa, s'habilla, fourra le prisme dans un sac à dos et téléphona à un ami du

Louvre des antiquaires. Il voulait lui montrer la pièce qu'il détenait.

En sortant de chez lui, Youssef crut tomber en pleine apocalypse. Rose aurait bien voulu lui décrire l'état de la ville, mais elle n'en avait pas eu le temps. Youssef n'avait pas imaginé l'ampleur des dégâts. Il s'était enfermé dans ses lectures, juste avant que Paris ne s'enflamme. Rien n'avait pu l'extraire de sa réclusion. Aucune violence entre étudiants et CRS. Pas même la nuit dite des barricades. Ni l'investissement du théâtre de l'Odéon par les manifestants. Ni cocktails Molotov, ni matraques, ni bombes lacrymogènes, ni blessés. Il entendait tout depuis sa fenêtre close, mais s'était confectionné des boules avec du coton roulé et lisait, imperturbable. Jusqu'au matin du 17 mai où il se rallia à la rue.

Il était tard dans l'après-midi lorsqu'il s'aventura boulevard Saint-Germain. À peine y fut-il engagé qu'il eut l'impression d'être porté par le pas des autres. Il pensa à la chanson de Piaf que tu aimais tant.

*Emportés par la foule [...],*
*Écrasés l'un contre l'autre*
*Nous ne formons qu'un seul corps.*

À cet instant, ton souvenir fut si violent qu'il eût pu s'évanouir. Il tenta de s'extraire de la foule en coupant par la droite. Puis par la gauche. La foule l'enserrait. Il lisait les graffitis. *Sous les pavés, la plage.* Ils ont oublié la noyade, pensa-t-il. Alors qu'il essayait de décider pour lui-même d'un autre parcours, une femme le bouscula sans s'excuser. Elle le foudroya du regard. Puis elle changea d'expression devant son air égaré et décalé.

« Quelle idée de ralentir ! Marchez plus vite ! » lui dit-elle en glissant sa main sous son bras et en lui emboîtant le pas. Youssef était peu familier avec ce genre de pratiques. Le bras de l'étrangère sous le sien. Lui qui avait mis vingt ans à déposer un peignoir sur tes épaules. Il préféra prendre un air naturel.

« C'est une idée quand même, rétorqua-t-il.

– Quoi ?

– Ralentir.

– Par les temps qui courent, c'est un crime. Marche d'abord. Ralentis ensuite.

– Impossible de faire deux choses. Révolution et réflexion.

– Parle pour toi, moi je peux coller des affiches et réfléchir. Depuis le 14, je ne fais que ça. Je colle des affiches. Tu devrais essayer.

– Je dois retrouver un ami au Louvre. On s'est donné rendez-vous. Je dois lui montrer une pièce à tout prix.

– Pour quoi faire ?

– Une évaluation.

– Il y a plus urgent.

– Justement, c'est urgent. Ma pièce détient un bout de la vérité. Je dois en avoir le cœur net. Nous ne serons pas trop de deux pour une évaluation.

– Ça tombe bien, on ne sera pas trop de deux non plus pour coller des affiches. J'ai besoin d'aide ce soir. Tu peux m'accompagner ? »

La femme avait dit « m'accompagner » comme s'il s'était s'agi d'une mission confidentielle. Il commençait à faire nuit. Aucun des deux ne voyait parfaitement les traits de l'autre. Elle avait un visage ovale aux pommettes saillantes sous un béret posé en biais. Youssef faisait deux fois sa taille. Il ne sut ce qui, ce soir-là, le poussa à suivre cette femme qui roulait des *r* en parlant et alliait à son air de fragilité une détermination plus grande qu'elle. Elle ne lui laissa pas le temps de refuser, elle l'avait déjà entraîné hors de la foule en direction de l'école des Beaux-Arts au 14 rue Bonaparte.

## 44

Occupé à constater les dégâts matériels entre la rue Gay-Lussac, le boulevard Saint-Germain et la rue Bonaparte, Youssef n'avait vu les affiches que distraitement. « Les affiches, c'est nous », déclara fièrement sa nouvelle camarade. Lorsqu'elle arriva à l'entrée du bâtiment de l'école de Beaux-Arts, investi depuis le 14 mai par un comité de jeunes artistes qui y avaient installé l'Atelier populaire d'affiches soixante-huitardes, elle salua ses camarades. Arrivée au bureau central de l'assemblée où se décidaient les slogans, elle tomba sur André D., un homme de taille moyenne à l'énergie débordante. André D. était un habitué des lieux. Ami avec tous les « décideurs », comme il les appelait, il donnait son avis sur l'originalité d'un slogan ou la banalité d'un autre. Il était toujours consulté par les membres de l'assemblée, constituée de peintres et d'illustrateurs expérimentés. André salua sa camarade non sans jeter un coup d'œil réprobateur à son accompagnateur. André fit sentir à Youssef qu'il était un intrus. Youssef sentit le regard hostile de l'homme et se souvint que son ami devait encore l'attendre au Louvre des antiquaires. Il tenta de s'esquiver mais fut vite rattrapé par sa camarade.

« André, je te présente... » Elle s'arrêta, réalisant ne pas connaître le prénom de son nouveau camarade et se reprit. « ... Un ami. Je te présente un ami. » Youssef s'approcha, tendit la main et se présenta. « Joseph. Je m'appelle Joseph. »

Youssef s'était dit qu'il devait penser à demander le prénom de sa nouvelle amie. Il n'en eut pas besoin. Elle fut interpellée dans la seconde qui suivit par un des artisans de l'atelier.

« Hep, Luludja, t'as collé combien d'affiches hier ?

– Une centaine. Mais ce soir, j'ai de l'aide, donne-moi double ration. »

Youssef ne savait pas qu'il était l'aide de Luludja. Il avait fallu qu'il entende prononcer son prénom pour la trouver belle. Luludja. La régularité des syllabes conférait au prénom musique et grâce. Il n'avait pas vraiment regardé cette femme dont il n'avait jusque-là retenu qu'un air décidé au combat. Le charme de Luludja opérait lentement. Jamais de prime abord. Elle avait une agilité dans la manière de se mouvoir qui laissait deviner des attaches fines et des gestes graciles en dépit d'un caractère apparemment bien trempé. Luludja n'était pas forcément belle.

André D. prit la main que lui tendait Joseph et la secoua pour en finir avec des présentations dont il se serait bien passé. Il avait mieux à faire. Un slogan à décider. Il s'excusa auprès de ses interlocuteurs. Youssef eut l'impression d'avoir affaire à une loge de sorciers. Lorsqu'il en fit part à Luludja, elle éclata de rire.

« Hélas, nos pouvoirs sont limités, lui dit-elle, ce n'est qu'un atelier de sérigraphie. »

Youssef ne fit aucun lien entre les roulements de *r* de Luludja et la manière qu'avait Irina de rouler du cul, des seins et des hanches. Il ne se sentait nullement menacé par sa présence très engageante. Mai 68 lui offrait un bain de jouvence, une anarchie révolue et un retour à la contestation qu'avec l'âge Youssef ne s'était plus autorisé. Youssef ne sut combien de temps il resta dans cette ambiance exaltée et festive où il ne s'autorisa aucune ivresse artificielle, ni vin, ni haschich, se contentant de ces moments où nous pensons changer le monde du seul fait de le vouloir.

## 45

Luludja habitait au croisement du boulevard Voltaire, près de la place de la République. Lorsqu'elle proposa à Youssef une tasse de thé pour se remettre de leur nuit de travail, il accepta. Il était trois heures du matin lorsqu'ils avaient quitté l'atelier, chargés de rouleaux d'affiches à placarder. Ils avaient passé les premières heures du matin à s'occuper de propagande dans la capitale endormie. Les affiches les avaient menés jusqu'à la place de la République. Youssef pensa que c'était au hasard des murs que Luludja avançait. Un mur après un autre, les deux cents affiches furent épuisées, et ils arrivèrent, fourbus, au domicile de Luludja. Au réveil, Paris allait découvrir les nouveaux slogans d'André D. et de sa loge de sorciers.

Elle habitait au dernier étage, dans un petit studio de quinze mètres carrés. Malgré l'étroitesse de l'espace, Luludja avait aménagé avec coquetterie ce studio tout en longueur auquel la vue sur les toits ajoutait de la perspective. Elle installa Youssef dans un petit canapé-lit de style Empire, tout en s'affairant à préparer du thé. Youssef la regardait. La lueur du jour naissant inondait ce petit réduit doté de deux lucarnes qui nourrissaient les lieux d'une lumière naturelle et jouaient de nuances sur la chevelure en bataille de Luludja. Elle aurait pu être rousse. Brune. Blonde. Ou châtain. Elle avait une couleur changeante et une expression de femme mature. En plein jour, Luludja avait l'air plus âgée. Elle avait trente-neuf ans. La veille, il lui en aurait donné vingt-cinq.

Elle sortit des tasses en porcelaine aux rebords ébréchés, versa du thé chaud, tendit une tasse à son interlocuteur, s'installa en face et déballa sa vie. Elle avait une voix chantante et des gestes souples de ballerine. Lorsqu'elle eut fini de raconter sa vie, Youssef la trouva définitivement belle. Comme si de son charme naissait un sortilège.

# 46

YOUSSEF NE SUT À QUEL MOMENT il échoua dans le corps de Luludja.

Lorsqu'il baissa les armes, il se déshabilla. Il n'opposa aucune résistance au désir. Il n'avait vu de Luludja que ses bras, qui s'agitaient en arabesques harmonieuses joignant avec passion le geste à la parole. Une langueur très érotique s'en dégageait. Il s'était étendu sur le lit et avait fixé le plafond. Luludja se retourna. Elle aimait être effleurée par la brise. Elle se pencha vers lui et fit en sorte que leurs corps ne se touchent pas. Pas encore. Une fine couche d'air les séparait. Lorsqu'elle rapprocha sa bouche de la sienne, elle s'arrêta à la frontière du baiser. Sa promesse. Leurs lèvres se frôlèrent. C'est lorsqu'il sentit les seins fermes de Luludja sous son chemisier qu'il eut peur. Lui qui ne savait plus comment prier.

Luludja n'avait pas oublié qu'aimer, c'est ressusciter dans le feu. Elle aimait chacun de ses amants. Même de passage. Surtout de passage. En eux elle trouvait le geste sans attaches, sans promesses, sans vœux. Juste l'apesanteur et la rédemption.

Youssef essaya de lui expliquer sa pudeur, ses vœux d'abstinence, mais se retint avant que ses pensées ne glissent vers toi. Il ne voulait surtout penser à rien. Luludja avait posé sa main contre ses lèvres. Les doigts de Youssef étaient tremblants. Ils déboutonnaient, caressaient, prenaient le temps qu'il faut pour une peau d'en reconnaître une autre. Luludja le devançait d'un geste. L'invitait à oser plus. Elle habitait son corps sans compromis. Sur la pointe des seins. La chute des reins. Le ventre. Le dos. Les fesses. Il suffisait qu'il l'effleure pour qu'elle vibre dans le silence absolu des corps qui savent qu'il est essentiel de mourir seul. Lorsqu'ils furent complètement nus, Luludja caressa sa verge avec révérence, y posant ses lèvres comme s'il se fut agi d'une offrande. Jamais il n'avait rencontré tant de silence, lui qui en était resté aux glapissements lascifs de la maison close d'Irina. Il la pénétra comme s'il était puceau mais avec la lenteur des âmes vieilles.

Au réveil, Youssef eut peur de sa virginité brisée. Lui qui avait mis vingt ans à la sceller de renoncements. Voilà qu'un fleuve avait été ouvert dans leurs corps. Youssef ne savait pas nager. Il se leva sans faire de gestes brusques et resta un moment à contempler Paris depuis la lucarne qui donnait sur les toits. Le corps de Luludja assoupi reposait sur le lit. Sa respiration était régulière, apaisée.

Youssef n'avait pas été envahi par ce sommeil des hommes fourbus, vidés par l'orgasme. Il la regardait dormir, ne voyant sur ses hanches que son âme d'écorchée. Il préféra penser qu'il avait fait l'amour à son écorchure pour se dédouaner du sentiment qui commençait à le gagner. Il se sentait médiocre d'avoir ainsi tout renié d'un coup. Son ascèse. Son adoration pour toi. Youssef n'avait aucune indulgence pour cette nuit où le désir avait tout devancé, le laissant derrière, chargé de remords. Car c'est ainsi qu'il rentra chez lui. Comme un voleur honteux de son délit. Il ramassa ses affaires, s'habilla sur la pointe des pieds, ouvrit la porte et la referma en prenant soin de ne pas réveiller cette amante d'une nuit où tout bascula.

Lorsque Luludja se réveilla, il était dix-sept heures. Youssef avait disparu. Elle avait posé sa main sur les draps froissés pour savoir s'il était parti depuis longtemps. Il avait tout emporté avec lui, y compris la chaleur de son corps. Les draps étaient glacés. Il avait dû partir depuis longtemps. Elle sentit quelque chose de dur. Comme une pierre. Elle se releva sur ses coudes et trouva une petite statuette à six pans.

# 47

L'homme à l'accent marseillais fut interrompu par une déflagration d'obus. Ton jardin capturait les derniers rayons du jour. Je ne sais combien de temps nous sommes restés sous la tonnelle. Les heures évanouies dans le récit nous rappelaient à l'ordre de ce qui finit. Il fallut la détonation de l'obus pour que nous sursautions. Je regardais les traits de cet homme dont je n'avais vu jusque-là qu'une montagne de muscles. La pénombre naissante accentuait ses grands yeux inquiets. Je lui proposai de nous mettre à l'abri et l'invitai à entrer chez toi par la porte de service qui donne sur la cuisine d'Anita. Tu appelais ce côté de ta maison « les quartiers d'Anita ». Elle y était reine et toi, servante.

Nous avons marché sur ton allée de pierres comme on écrase une douleur qui ne s'estompera pas. Surtout ne pas me retourner vers cette tonnelle figée dans l'espace comme un vieux souvenir. Le récit du Marseillais résonnait dans ma tête. Son accent. Sa Luludja. Son Youssef qui était le tien, le sien, père, ami, amant. Les personnages du récit nous tenaient par la main. Je me suis perdue dans les chassés-croisés du destin. Le Marseillais avait eu beau me montrer les lettres de toi qu'il m'avait lues dans son dossier recouvert de cuir vieilli, j'avais du mal à me rendre à l'évidence de ton écriture. Ta signature. Ton âme dans l'encre noire. Car, de ton idylle, je n'avais trouvé aucune trace parmi tes lettres. Plus tard j'ai eu beau chercher en voyeuse fébrile un indice de cette amitié dont tu ne m'avais pas touché mot, je n'ai rien trouvé qui indiquât votre correspondance. Quelques citations autour du manque. Des poèmes transcrivant l'absence. Quelques notes extraites du chapitre XXXIII de l'Exode dans l'Ancien Testament, où Dieu se manifeste comme une trace perdue dont nous porterions sur terre l'empreinte lancinante. Comme si vivre nous condamnait à errer après le retrait de Dieu. Après la perte de soi. Dans un des tes carnets où tu avais recopié l'injonction de Moïse : « Montre-moi ta Gloire » à Dieu qui répondit : « Tu ne verras que ma trace », tu avais marqué au fusain comme on redonne au langage sa précarité : « En est-il ainsi de l'amour ? » Sa trace, et son retrait.

Comme Moïse invoquant Dieu, tu invectivas l'amour, lui demandant de ne pas retirer son visage. Tu le cherchais partout. Dans la rue. Un regard. Une fleur fanée. L'entrevoir te suffisait. Tu le voulais inconditionnel pour le genre humain. Pour ton jardin. Pour un insecte. Sans distinction de genre. Tu faisais abstraction des corps et t'adressais directement à l'âme. Tu t'étais donnée entière dans cette correspondance où tu te servais des mots pour dévoiler ce que ta pudeur levantine t'empêchait de formuler à hauteur de ta liberté de penser.

Tu disais qu'« aimer, c'est traverser l'absurde ». Lorsque je fis part au Marseillais de cette phrase qui me revenait comme une ritournelle depuis qu'il avait commencé à parler – « traverser l'absurde » – il avait souri tristement. Comme si sa vie entière se résumait à son rictus. « Luludja, c'est ma mère », dit-il en s'asseyant. Il retira une cigarette de sa poche, la garda sans l'allumer et demanda la permission de continuer son récit. Il n'attendit pas que je la lui aie donnée.

## 48

Lorsque Youssef avait quitté Luludja, il avait rejoint en pensée ton visage. Il avait marché d'un pas pressé jusqu'à son adresse rue Gay-Lussac. Rose l'attendait, penaude, rongée d'inquiétude. Elle n'avait pas osé s'aventurer dans la rue. Elle avait eu peur du chaos.

À son retour de chez Luludja, il la trouva devant son bac à plantes plus ratatinée que jamais. Il fit comme s'il ne l'avait pas vue. Il n'avait pas le cœur à être courtois. Il grimpa deux par deux les marches de l'escalier. Lorsqu'elle entendit la porte claquer, elle pensa au temps. Vingt-quatre heures avaient suffi pour que Youssef ne fasse plus cas de sa présence. Elle avait réintégré son invisibilité. Elle se raccrocha à l'idée d'une catastrophe pour accepter sa nouvelle insignifiance. Elle préféra penser que quelque chose de grave était survenu. Que la femme dépositaire de sa joie était morte.

Tu étais plus vive que jamais dans le corps de Youssef. Il avait couché avec toi par le truchement d'une autre. Son corps, tout ce temps renié, avait refait surface. Il avait eu beau ne penser à rien au moment de l'acte, un torrent l'avait habité. Un manque cherchant ta marque. Sa main sur le sein de Luludja avait erré en des lieux que la mort seule évince. Il avait eu beau s'en défendre, ton empreinte le devançait. Il était toi avant d'être lui. Luludja avait catalysé quelque chose qu'elle ne soupçonnait pas. Elle n'avait cessé de parler. Elle lui avait expliqué qu'elle était la fille du vent. Il lui avait fait l'amour comme on conjure une perte. Lorsqu'il était revenu à lui, il s'était senti fourbu, confus, honteux, indigne de tout. De toi, de lui, de l'amour. Des élans sincères de Luludja. De tes lettres qui, maintenant, le toisaient depuis la table où elles se trouvaient. Tout ce temps, il avait lutté contre son désir, s'installant dans l'amitié comme on s'adonne à l'anarchie des confusions intérieures, torturé à petit feu par l'ambiguïté des gestes amputés et l'acceptation des caresses abstraites. Tu fermais toujours les yeux à l'écoute d'une fugue de Bach. Ou de la voix lancinante d'Oum Kalthoum mêlée à celle du *muezzin* de la mosquée à deux rues de chez toi. Vos regards se croisaient. L'émotion faisait le reste. Aucun de vous ne bougeait. Tu t'asseyais sur un canapé. Youssef en face. Vous restiez en apesanteur dans la beauté. Vous aviez partagé vingt ans d'opéras, de romans, de faits divers. De noyades. Pas un jour ne s'était passé sans que Youssef ne partît de chez toi le cœur explosé d'émotion. Pas un jour il n'en sortit indemne. L'émotion faisait de lui un fracassé heureux.

Le feu de Luludja avait tout déclenché. Un instant, il t'en voulut d'avoir maintenu ton vœu comme on blinde un rempart.

Si ton vœu n'avait pas existé, Youssef aurait sans doute cédé au désir de t'étreindre, de te prendre la main, de poser ses lèvres sur la nacre de ton cou. Tu avais eu peur de l'appropriation des corps. Tu craignais qu'en t'emparant des choses, elles ne s'effritent.

Youssef était ressorti du corps de Luludja plus désert que le vent. Alors qu'il se rhabillait, il se souvint de la statuette. Sa promesse de chance. De rédemption. De destruction. Il s'accroupit, ouvrit son sac à dos, en tira le prisme à six pans, toujours intact. Juste un peu plus vieux d'avoir été témoin de leurs ébats. Il trouva indécent de ramener chez lui la vision de leurs corps désormais imprimée dans la pierre. Il posa le prisme sur le lit, à l'endroit où avait reposé son corps, et sortit.

# 49

Le Marseillais se lève, fait les cent pas avant de se rasseoir. « Excusez-moi, dit-il, j'ai des fourmis dans les jambes. » J'en avais aussi. Dans le cerveau. La chair. Le sang. Je ne pose plus aucune question. Il enchaîne.

Aussitôt que l'activité des postes reprit, le postier revint au 60 rue Gay-Lussac, chargé de lettres aux timbres libanais. Lorsqu'elle prit livraison de la première lettre après l'interruption qui suivit les émeutes de mai 68, Rose eut du mal à cacher son excitation. L'enveloppe était une raison suffisante pour sonner à l'étage de Youssef. Un mois s'était écoulé depuis ce jour où il était rentré chez lui sans la saluer. Elle prit la lettre, remercia et se rua dans sa loge. C'est à peine si elle n'avait pas claqué la grille sur les doigts du postier. Rose n'avait pas osé avant ce jour se rendre au second et affronter le regard de cet homme pour qui elle aurait voulu être reine ou princesse. Tout, sauf concierge. Au lieu de quoi, elle s'était contentée de préparer de la soupe de courge comme on espère. Le retour du facteur lui donnait enfin un alibi pour sonner à la porte du second.

Elle prit son bain, enfila sa robe rayée, s'empara de l'enveloppe et sentit son cœur exploser de joie à l'idée de revoir Youssef. Lorsqu'elle arriva devant l'appartement, elle crut qu'un univers s'écroulait. Deux lettres avaient été calées contre la porte. L'une était adressée au propriétaire. L'autre, à elle. À la lecture des lettres de son prénom, elle crut la fin des temps proche. Ainsi Youssef avait adressé une lettre à son insignifiance. Ébahie, elle resta un moment à contempler l'écriture. Le *r* d'abord. Le *e* pour finir. *Rose* écrit de la main de Youssef. Aucune lettre ne manquait. Elle les contempla une à une. Elle pensa à la sensualité des doigts qui avaient tracé le prénom. Mais revint à la réalité. Elle sonna une fois. Puis deux. Puis trois. Puis frénétiquement. Son cœur battait vite et fort.

Elle s'arrêta, resta debout sur le palier, pensant faire appel à un serrurier puis se ravisa. Elle devait élucider cette affaire toute seule. En s'emparant des enveloppes, elle sentit dans celle adressée au propriétaire le cliquetis métallique d'un trousseau de clefs. Rose pensa à tout, sauf au départ de Youssef. Elle ne l'avait pas vu sortir de l'immeuble. Elle songea au suicide. Depuis qu'il s'était recroquevillé sur lui-même, Rose n'avait plus retrouvé chez lui l'allure jadis altière et courtoise. Les dernières fois où elle l'avait vu, il n'était presque jamais rasé. Elle ouvrit l'enveloppe. Ses mains tremblaient. Elle s'empara du trousseau, essaya toutes les clefs avant de tomber sur la bonne. Elle ouvrit la porte, prête à affronter une odeur de mort. Elle regarda d'abord au plafond. Dans chaque pièce. Elle était certaine qu'il aurait choisi la pendaison. Elle fut déçue de n'y trouver aucun Youssef pendu. De lui, il ne restait qu'une forte odeur de parfum. Quelque chose d'hybride. Une odeur féminine qui avait dû être puissante et dont il ne restait que quelques particules. Peut-être s'était-il couché pour mourir, pensa-t-elle. Elle fit un deuxième tour en regardant sur les lits, les fauteuils, les chaises de la cuisine. Puis un troisième, avant de se rendre compte de son absence radicale. Youssef ne se trouvait nulle part. Rose fut presque déçue de ne pas être témoin de sa fin. Elle aurait trouvé juste que sa vie s'achève là.

Lorsque Rose osa enfin ouvrir son enveloppe, elle n'y trouva que quelques lignes :

*Chère Rose,*

*Je pars pour ne plus revenir. J'ai trouvé juste de vous laisser ce mot pour vous remercier de votre présence toujours discrète. Sans vous, les plantes n'auraient pas eu d'âme.*

*Bien sincèrement,*

*Youssef*

# 50

À SON RETOUR DE CHEZ LULUDJA, Youssef avait décidé de tout empaqueter. À peine avait-il poussé la porte de son deux-pièces que l'imminence du départ lui sauta aux yeux. Il ressentit le besoin de quitter sur-le-champ cet appartement devenu sanctuaire. La table de la cuisine couverte de lettres ressemblait à un autel sacré. Le bureau était rempli de ton absence. Même sa salle de bains embaumait ton odeur. Il avait placé sur une étagère un flacon de ton parfum préféré. La première chose dont il s'empara fut le flacon. Il déversa le parfum dans les toilettes et tira la chasse d'eau. Il regarda le mouvement de l'eau et regretta de ne pas y être englouti. L'odeur qui s'en dégagea lui monta à la gorge. Lui donna presque envie de vomir. Les effluves de ton parfum avaient la forme des hanches de Luludja. Il aurait voulu remonter le temps pour empêcher sa verge de pénétrer dans un autre corps que le tien.

Il allait d'une pièce à l'autre, ramassant ses affaires et les tiennes. Il courait après tes traces. Voulait les effacer. Enlever toute empreinte de cet amour dont il n'allait plus savoir que faire. Indigne, se disait-il en arpentant chaque pièce. Je suis indigne de sa confiance. Il y a une marche que j'ai ratée. Comme dans la légende du prisme. Sa transmission. Je suis indigne d'être aimé. Il parlait à voix audible. Il n'était pas lui-même. L'abandon de son ascèse avait réveillé d'anciens démons. « Le plus bestial possible », disait-il à Irina. Sa phrase lui revenait en mémoire. Bestial. Tout ce temps il avait eu peur de le devenir, bâtissant son ascèse comme on se mure. Comme s'il n'avait pas d'autre choix que d'être esprit ou corps. Sans juste milieu. Youssef ne savait auquel des deux mondes appartenir.

Rose ne l'avait pas vu quitter son logement. Il était parti à la sauvette avant la fin de l'aube. Il avait rencontré Luludja dans l'après-midi du 17 mai 1968. Il avait tout quitté vingt-quatre heures après. Il était rentré chez lui, avait rangé ses affaires à la hâte et avait détruit tes traces. Il avait déblayé la surface de la table de tes lettres et s'y était installé pour en écrire deux autres. L'une adressée au propriétaire. L'autre à Rose. Il était parti avec pour seul bagage un sac à dos et une grosse malle qu'il descendit sans bruit pendant que Rose dormait. Youssef disparut le matin du 18 mai 1968.

Le postier s'était remis à livrer tes lettres un mois après le départ effectif de Youssef. À aucun moment tu ne t'étais doutée de son départ. Tu continuas à écrire. Rose avait espéré trouver dans l'appartement les lettres aux timbres libanais, sa joie archivée. Elle chercha dans les tiroirs, sur les étagères, fouilla de fond en comble, mais ne trouva rien. Youssef avait tout détruit ou emporté. Elle fut bien plus déçue par l'absence de lettres que par la disparition de son locataire. Si elle avait fini par s'accommoder d'un Youssef intouchable, elle trouvait injuste d'être réduite à ne jamais connaître le fin mot de son amour. Elle s'était longtemps retenue de lui poser des questions concernant sa correspondance. Elle n'en avait jamais eu le courage. Elle trouvait suffisamment troublant de le saluer en camouflant son embarras. Lorsque les lettres arrivaient, elle se contentait de les mettre à contre-jour pour deviner l'écriture, avant de les lui remettre. Jamais elle ne les aurait ouvertes. Elle savait qu'une telle indiscrétion lui aurait volé le respect avec lequel Youssef la saluait. Pour rien au monde elle n'aurait voulu altérer cette manière qu'il avait de baisser la tête.

Lorsque Luludja avait tenté de retrouver Youssef pour lui rendre la statuette, elle s'était souvenue du chiffre 60 et de la rue Gay-Lussac. Youssef n'avait pas beaucoup parlé durant leur rencontre. Juste assez pour laisser échapper son adresse dans la conversation. Luludja s'en souvint. Gay-Lussac. Elle enveloppa la statuette dans un vieux journal, la rangea dans son sac en bandoulière et se présenta à ladite adresse. Elle tomba sur Rose dans la cour, qui la dévisagea de bas en haut avant de lui annoncer tout de go : « Monsieur Joseph est mort. »

Il plut à Rose d'associer l'absence de Youssef à la mort. Du moins voulut-elle le faire croire à cette femme debout, sans réaction.

« Comment ça, mort ? bredouilla Luludja.

– Comme ça. Mort.

– Mais il y a à peine quelque jours, il était chez moi... »

C'était donc chez elle que Youssef disparaissait. Rose ne lui en voulut que plus d'être belle. « Grand bien lui fut fait. Maintenant il est mort. » Luludja ne vit pas l'intérêt de discuter avec cette vieille à la robe rayée et à la hargne acérée. Elle sentait que quelque chose ne collait pas dans la nouvelle de cette mort, mais prit quand même l'information pour une réalité. De toutes manières, elle avait besoin de croire dans sa mort. De se raccrocher à ce pour quoi elle militait. Des histoires de passage avec le moins d'attaches possible. Le passage de Youssef, loin d'être ordinaire, lui avait fait peur. Elle craignait que le revoir n'ébranlât sa foi dans le vent, elle qui avait choisi de compter sur l'imprévu bien plus que sur la fidélité humaine.

En partant, Youssef avait fait en sorte que Luludja ne l'oubliât pas. Il ne le fit pas exprès. Il laissa la statuette et du sperme. Car cette nuit-là, Luludja tomba enceinte.

# 51

« Le sperme, c’est moi », s’exclamez le Marseillais en inhalant une longue bouffée de cigarette. Il poursuivit.

Lorsque sa mère avait réalisé l’interruption de ses règles, elle n’avait pas paniqué. Elle avait déjà eu des accidents de parcours qu’elle réglait chez un faiseur d’anges. Elle appelait ça « les pollens du vent ». Ça lui plaisait de les restituer à l’air. C’était avant le manifeste des 343. Le Marseillais avait deux ans à peine lorsqu’elle le signa de son paraphe de mère célibataire abonnée à l’avortement.

Elle n’hésitait pas. L’avortement était pour elle une évidence. Elle trouvait plus intéressant d’accoucher d’un ange. Elle était immédiatement allée à la clinique du Dr A. F., comme elle l’avait déjà fait chaque fois qu’elle s’était rendu compte d’un retard de règles. Elle n’aimait pas ce local obscur qui sentait l’antiseptique, mais s’y rendait quand même, heureuse d’y retrouver une femme un peu épaisse mais pleine de vie du nom d’Arlette. La clinique, située en banlieue parisienne, était au fond d’une cour, dans une bâtisse qui avait dû être un entrepôt.

La première pièce servait de couverture à ce qui se pratiquait clandestinement dans les autres. Les patientes étaient reçues par Arlette, couturière de son état. Le praticien lui avait cédé gratuitement la pièce qui donnait sur la cour afin qu'elle y installât un atelier, moyennant le silence quant à ses pratiques chirurgicales. Trop contente de trouver un local gratuit, Arlette s'était empressée d'accepter. Elle installa ses trois machines à coudre et prit avec elle une nièce de seize ans à qui elle apprit le métier. À deux, elles allaient d'une machine à l'autre, exécutant toutes sortes de robes sur mesure, de réparations, de broderies. Chaque fois qu'une femme demandait à parler au docteur, Arlette, suspicieuse, menait auprès de la nouvelle recrue un interrogatoire digne des meilleurs services secrets. Elle devait s'assurer qu'il n'y avait aucun coup fourré, avant de diriger la patiente vers son patron, dans l'arrière-boutique. Les deux femmes s'étaient plu dès la toute première fois. Lors de leur première rencontre, Luludja devait avoir vingt-huit ans. Par la suite, chaque fois qu'elle se présentait avec un fœtus, Arlette l'accueillait d'un sourire inchangé.

Cette fois non plus Luludja n'attendit pas. Elle était allée voir Arlette qui la sermonna tendrement comme chaque fois qu'elle la voyait : « Il n'y a pas le vent dans ton vagin, ma petite, il y a des ovaires. Ce n'est pourtant pas compliqué de calculer tes jours d'ovulation. » Luludja avait l'habitude de répondre en éclatant de rire : « On ne peut naître du vent et calculer. » Au lieu de quoi elle fondit en un flot ininterrompu de larmes. Jamais encore Arlette n'avait vu Luludja pleurer. Prise de court par ces sanglots, Arlette ne trouva rien de mieux que d'accélérer la procédure. Lorsque Luludja entendit les questions qu'elle connaissait déjà par cœur, elle paniqua. « Quel âge ? » La question était tombée comme une sentence. Luludja avait du mal à respirer. Arlette insistait. « Quel âge ? » Les mots se bousculaient dans la gorge de Luludja. Trente-neuf ans. Elle resta plantée, essayant en vain de prononcer « trente-neuf » mais n'y réussit pas. Elle n'était plus en possession de rien. Pas même de son ventre. Se décider pour ou contre un fœtus ne changerait rien. Son corps allait bientôt mourir sans elle. Sans qu'elle puisse rien y faire. Son combat lui sembla vain, illusoire. Elle était rattrapée par la nature. Sa liberté devenait caduque. Son libre arbitre réduit à néant. À cet instant, l'évidence de sa grossesse lui sauta aux yeux. Ses sanglots cessèrent. Si elle décidait de l'accepter, elle n'aurait plus à la subir, se dit-elle en se reprenant. Fidèle à son engagement féministe, Luludja se croyait obligée de se justifier d'exister en dehors de tout ce qui ne servait pas sa cause. Elle mettait chaque décision au profit de sa lutte, remettant à plus tard d'interroger ses désirs. Elle avait intégré les mécanismes automatiques des grandes causes. Tout à coup, elle trouva plus intéressant de dire non à la stérilité, lançant un double défi à la vie. Défier la fin de ses ovaires, et assumer face à son entourage le droit d'enfanter. Tout défilait très vite dans sa tête. Arlette la sortit de son tumulte en la secouant. « Hep. Ton âge. T'as perdu la voix ou quoi ? lui dit-elle. La dernière fois que t'es venue, c'était il y a trois ans. Tu en avais trente-six en 65. Je calcule, je rajoute trois. Ça fait trente-neuf. » Tout ce temps où Luludja avait amassé du vent, elle ne s'était pas douté qu'un moment viendrait où elle donnerait tout pour être une ancre. Elle n'avait pas pensé que le droit d'enfanter pouvait aussi être une liberté.

« Plus la peine. Je le garde. »

La voix de Luludja était déterminée.

« Comment ça, tu le gardes. Tu es folle ou quoi ?

– Non. Pas du tout. Je le garde. »

« Sur ses mots ma mère quitta Arlette, bien décidée à de battre pour sa nouvelle cause : faire un enfant toute seule. » Le Marseillais refusait d'être dupe. « Je n'ai pas été désiré, mais utilisé », dit-il d'une voix de confidence. Il semblait porter sa vie comme une sentence. L'amour de sa mère aussi. Car c'est ainsi qu'il définissait sa vie : « Ma sentence à double voie. Vie ou mort. Il s'en fallut de peu que je ne connaisse le sort des autres fœtus. »

## 52

« Il s'en fallut de peu qu'elle ne me prénomme Liberté. » Le Marseillais soupire en allumant une cigarette. Je ne compte plus les mégots, la fumée, les obus. Il fume, raconte, fume, raconte, comme on respire. « Le seul prénom qu'elle avait prévu était Marianne en allusion à la figure allégorique de la Révolution française. Elle finit par me prénommer Eugène en pensant au tableau de *La Liberté guidant le peuple* d'Eugène Delacroix. Cette femme au sein nu représentant la Liberté, en haillons mais debout, et tendue vers l'avant. »

Ainsi donc mon interlocuteur se prénomme Eugène, est né à Paris, et a dans la voix tout le soleil de Marseille. Je le regarde s'émouvoir froidement. Il expose sa vie de manière aussi inexpressive que ton marchand de tapis mettait d'emphase à déballer sa marchandise lorsqu'il venait chez toi chargé de fagots de tapis. Eugène donne l'impression de tout contrôler, tout sauf son accent. D'ailleurs il a appris à ne plus sursauter au bruit des obus. Il trouve fastidieux de s'émouvoir et n'en voit pas la nécessité. J'ai ta perte dans les tripes. Son récit. L'invasion. Les obus.

Je suis aussi tendue qu'une corde de violoncelle, sensible au plus petit coup d'archet. « Pas nécessaire de s'émouvoir », me dit-il lorsqu'il voit poindre dans mes yeux une larme. Il interrompt son récit, prend une cigarette, tire une bouffée en plissant les yeux, et me tend un mouchoir. « Pas nécessaire », répète-t-il. Il scande son récit de « Pas nécessaire », chaque fois que mon regard, lourd comme un ciel d'automne, l'incommode.

Je l'aurais bien nommé Marcel. Je trouve ça plus marseillais. Sa voix me fait penser au sourire de Fernandel. Sauf qu'Eugène ne sourit pas. Il raconte sa vie comme un automate. Il a fallu qu'une rafale d'obus tombe à proximité pour qu'il se taise. Je cours à ton poste de télévision. Eugène me suit avec une expression désabusée.

## 53

Aux dernières nouvelles, cinq cent mille réfugiés en provenance du Sud affluent dans la capitale à la recherche de logements. Les écoles sont investies par les ONG et les volontaires improvisant dortoirs et cantines pour prendre en charge le flot de réfugiés et de familles disloquées. Le Sud entier est déplacé vers Beyrouth. Je zappe et tombe sur des témoignages de survivants. Je zappe encore et tombe sur des débats de politiciens. J'éteins la télévision alors qu'un obus fait un trou dans l'embranchement reliant la banlieue sud de Beyrouth à la capitale. Les infrastructures routières sont devenues les cibles de prédilection. Le but était d'obstruer à tout prix les voies susceptibles d'assurer le ravitaillement du Hezbollah, dont le fief sudiste est limitrophe du nord d'Israël. Pas un seul pont ne reste suspendu. Le Marseillais semble peu concerné par le carnage de ce qui n'est qu'une tranche de plus de l'Histoire. Il enchaîne avec sa vie.

« C'est dans le liquide amniotique très *peace and love* de ma mère que j'ai fait mes premiers pas dans la vie. Danse. Beuveries.

Soirées *rock*. Soirées *love*. Ma mère ne s'est privée de rien. Lorsque je suis venu au monde, elle n'a rien changé à son mode de vie. Je devais avoir quatre ans lorsqu'elle s'est installée en banlieue parisienne près d'un camp tzigane. Notre fenêtre donnait directement sur un petit bistrot où avaient lieu des rassemblements de guitares, violons, luths, accordéons, *derboukas*. Elle m'y emmenait, m'installait sur quatre chaises qu'elle rapprochait les unes des autres, posait une couverture à mes pieds pour le cas où j'aurais froid. Elle s'est prise de passion pour le flamenco et s'est liée d'amitié avec Django, un jeune danseur qui l'a initiée à ce qui allait être l'unique passion de la deuxième moitié de sa vie.

Elle n'eut bientôt plus que deux obsessions. M'élever et danser. Ma mère vivait dans le passé. Dans le manque. Dans ce après quoi elle courait ou militait. Je voulais être aimé au présent. Pour moi-même. Au lieu de quoi j'étais cet enfant compensatoire de sa vie d'avant et la mascotte de celle à venir. “ Toute seule, me disait-elle. Te rends-tu compte ? Je t'ai fait toute seule. C'est très avant-gardiste. ” »

54

« CE N'EST PAS QU'ELLE NE M'AIMA PAS. Elle m'aima avec plus d'intensité que je n'en pouvais prendre. Je voulais être comme tout le monde. Un enfant avec un rythme régulier de sommeil. Ma mère vivait la nuit et dormait le jour. J'allais seul à l'école. À mon retour, elle venait tout juste de se réveiller, m'embrassait et me disait : " Je t'attendais pour aller au bistrot. "

J'étais aussi secoué qu'une bulle de champagne par l'amour d'une mère qui ne comprenait pas mon obstination à vouloir retrouver mon père. Ma mère se contentait d'avoir des amants. " Un père ? Pour quoi faire ? disait-elle. Tu as une mère. " Lorsque j'insistais, elle se murait dans le silence. Elle me trouvait ingrat de revenir à la charge, de ne pas apprécier la chance que j'avais. Jamais elle ne parla de Youssef, excepté un soir d'hiver. Elle revenait d'une course qu'elle avait faite au Louvre des antiquaires. Elle était sortie dans l'après-midi, le prisme à six pans dans son sac en bandoulière. Jamais je n'avais accordé d'importance à cet objet étrange qui avait longtemps trôné sur une étagère de la cuisine. Parmi les assiettes. Je le prenais pour un ustensile ménager.

Je devais avoir quatre ans lorsqu'elle me surprit en train de tremper le prisme dans mon ragoût. Elle me l'avait arraché des mains avec brusquerie, l'avait essuyé puis rangé sur une étagère du salon de laquelle il ne bougea plus jusqu'à ce fameux après-midi où elle se rendit au Louvre. J'avais observé le vide sur l'étagère. Le prisme avait creusé son empreinte dans la poussière. Il ne restait de lui que sa trace. À son retour, ma mère avait une mine d'enterrement. Elle ne se rendit pas au bistrot ce soir-là. Elle versa du whiskey dans un verre, s'installa sur le fauteuil rouge du salon, et sortit de son sac une liasse de billets qu'elle compta. Aussitôt qu'elle m'aperçut, accroupi dans un coin du salon, elle se reprit, fourra l'argent dans son sac, et porta le verre à ses lèvres.

“ Elle est où la p'tite statue ? ” Ma voix avait résonné, presque étrangère à ma propre volonté. Elle ne répondit pas.

“ Elle est où la p'tite statue ? ” J'insistai. J'aurais dû me taire. Je le sus au silence. Ma mère était au bord des larmes.

“ Je l'ai vendue.

– Vendue ? ”

Je n'eus pas besoin d'en dire plus. Elle se leva, s'agenouilla à même le sol où j'étais accroupi. C'est ainsi que je lisais, accroupi – une habitude prise de cette enfance dans les bistrots. Elle me saisit par les épaules. Sa voix puait l'alcool.

“ Oui. Vendue. Comprends-moi. Ne m'en veux pas. Je sais que c'était la seule chose que j'avais de ton père. Mais je ne pouvais pas la garder à cause de la tournée avec Django. J'avais besoin d'argent. Tu comprends ? Dis-moi que tu comprends. ”

Je ne retins que cette phrase : " La seule chose que j'avais de ton père. " Son écho dans ma tête. Ton père. Seule chose. Ton père. Pendant tout ce temps elle avait eu au moins une chose de lui et ne m'en avait rien dit. Chaque fois que j'avais cherché une trace de mon père, ma mère m'avait proposé le néant. " Rien. Aucune. Je n'ai aucune trace. Du vent. Que du vent. " J'avais fini par m'accommoder du néant. Voilà que la disparition de la statuette agissait comme un big-bang. Ma mère me demandait froidement de comprendre tout de go qu'elle avait vendu la toute dernière trace de mon père sans que je lui en veuille d'avoir menti. Tout ce temps où je cherchais désespérément un indice, même le plus infime, elle m'avait caché la provenance de la statuette, la jetant sur une étagère avec désinvolture. Elle ne s'était mise en colère qu'une ou deux fois lorsque je m'étais saisi de l'objet. Elle s'était précipitée sur moi, l'avait récupéré. " Il est rare, n'y touche pas. Tu pourrais le casser. " Comme si elle y tenait bien plus qu'elle n'avait voulu l'avouer. Depuis ma naissance, elle ne l'avait changé que deux fois de place. La cuisine d'abord. Le salon ensuite. Tout ce temps, la statuette me toisait depuis l'étagère, sans que je me doute un instant de son lien avec mon géniteur. Si j'avais su, je l'aurais regardée autrement. Au lieu de quoi j'allais désormais me contenter de contempler sa perte.

" Mon père ? Tu as vendu la seule chose qui appartenait à mon père ? Le seul lien qui me restait de lui ? Tu viens de vendre sa mort. Sa mort. "

Je dus lui faire peur car j'avais crié. “ Pas le droit. Tu aurais dû m'avertir. Tu n'avais pas le droit. ” Je ne sais à quel moment de ma phrase elle me gifla. Je me souviens encore du bruit que ça fit. J'avais quinze ans. Elle était partie en claquant la porte, me laissant seul, par terre, avec ma gifle. Lorsqu'elle revint, je n'étais plus là. »

# 55

«Je suis parti comme on brûle un pont. J'ai tué son image, son passé, son histoire, sa vie. Ma mère ne devait plus exister pour que je puisse renaître.

Au tout début, j'ai erré de ville en ville avec presque rien. Juste quelques billets que, dans sa précipitation, elle avait laissé échapper. Je m'étais emparé de ces bouts de papier, dernier linceul de mon père mort, et avais emballé quelques-unes de mes affaires avant de prendre la route. Destination inconnue. Pas pour longtemps. Je ne voulais pas prendre goût à l'errance. Je n'avais qu'un but. Ne pas ressembler à ma mère. Dans mon for intérieur, je souhaitais ressembler à mon père absent. Inconnu. Inexistant.

Je suis arrivé à Marseille la même année. La première nuit, j'ai dormi sur les docks. Il faisait un temps humide. Le fond de l'air était habité d'une légère brise marine. Je m'étais lové entre deux conteneurs. J'avais été réveillé par un portefaix qui m'avait secoué avec insistance. C'est lorsque j'ouvris les yeux qu'il se rendit compte de mon âge. J'avais quinze ans, et rien d'un portefaix. Lui, avait la cinquantaine. Lorsque les présentations furent faites, il comprit que je voulais sortir de l'errance où j'étais né. Il me présenta son contremaître, un homme gras à la moustache généreuse, à qui il manquait toujours des boutons aux chemises. Une fois sur deux, je le surprenais avec la braguette ouverte. Il oubliait de la refermer après avoir pissé. Lorsque ses camarades le charriaient, il répliquait avec cet accent qui me fascinait. “ C'est pas b'en grave. D'toute manière j'vais pisser à nouveau. ” Monsieur F. était d'une logique implacable. Lorsqu'il me vit, il détecta de suite mon potentiel. Je promettais une belle carrure. Il me demanda : “ Tu viens d'où, p'tit ? C'est pas d'ton âge d'traîner sur les docks. Ta famille s'trouve où ? Ils doivent être en train d'te chercher. Elle est où ta mère ? ” Encore elle. Son fantôme. J'avais mis trois mois à atteindre Marseille à pied. Trois mois pour un deuil, c'est long. Trois jours auraient suffi.

“ Elle est morte. ” J'avais une voix trop neutre pour mon âge.

“ Et ton père ?

– Mort aussi. ”

Il ne me posa plus de questions et me pesa. “ Un peu freluquet, avait-il dit, mais avec un potentiel. ” Il s'était tourné vers moi et le portefaix qui m'avait trouvé. “ Alors pt'it, on t'les développe tes biscottos ou pas ? ” Sa manière à lui de m'offrir un boulot, un gîte, un couvert. Le portefaix avait une pièce vacante dans une petite baraque de pêcheur qu'il avait aménagée du mieux qu'il avait su. Il avait presque honte d'avoir à m'emmener chez lui. Il s'était cru obligé de m'expliquer la vétusté des lieux avant que nous n'y arrivions. “ Tu sais, me dit-il, ici c'n'est pas l'Paris d'où tu viens. " Tant mieux, pensai-je. Lorsqu'il ouvrit la porte, je fus pris à la gorge par une odeur de poussière humide. Je fus soulagé de ne pas y trouver l'ambiance de l'appartement de ma mère. De ne trouver que des murs blancs contrairement à ceux placardés d'affiches soixante-huitardes que ma mère avait recyclées en papier peint, ne laissant sur les murs aucun espace nu. Toute mon enfance, j'avais grandi dans un amas surchargé de couleurs. La simplicité des lieux me sécurisa. »

## 56

« Je passai deux ans sur les docks à travailler dans la clandestinité. Officiellement, j'étais le neveu de Monsieur F., le portefaix qui m'avait trouvé. En réalité, j'avais trouvé une famille.

À l'aube de mes dix-sept ans, je voulus autre chose qu'un métier de docker. Quelque chose dont ce père absent eût été fier. Si le prisme lui avait appartenu, il aurait voulu pour moi un autre métier, pensais-je. J'essayais en vain d'imaginer ses traits. Le néant est sans visage. L'idée de quitter le port fit son chemin. Je n'étais pas prêt pour autant à m'éloigner de l'affection de Monsieur F. qui, durant deux ans, m'avait tenu lieu de père. N'ayant jamais trouvé de femme capable de faire fi de son physique ingrat, il n'avait jamais eu d'enfant.

Avec mes économies, je voulus m'inscrire à l'Université. Il manquait à mon cursus deux années d'études pour avoir le niveau requis pour le bac. Monsieur F. me proposa de rester chez lui jusqu'à ce que je vienne à bout de " c'parcours du combattant ", comme il disait pour désigner les études secondaires, lui qui n'avait jamais été au-delà du brevet. Sa guerre à lui, la seconde, avait interrompu le cours de ses rêves. Fils et petit-fils de dockers, il s'était retrouvé sur les quais comme on reproduit le destin. Il était fier que je ne me contente pas de la grisaille de ce métier que l'horizon érode.

Je ne voulais pas beaucoup. Je mis les bouchées doubles, étudiai jour et nuit, et présentai mon bac. Je dus attendre trois ans avant de l'obtenir, essuyant des échecs les deux premières fois. Lorsque je l'obtins, Monsieur F. eut les larmes aux yeux, tout fier et convaincu d'héberger un génie. Je m'inscrivis à une formation d'expert-comptable. Je voulais coûte que coûte venir à bout des théories venteuses de ma mère. Après un chemin laborieux et autant de nuits blanches, assisté par Monsieur F., j'ai fini par remporter le concours de contrôleur fiscal de la fonction publique. Pour la remise des diplômes, Monsieur F. avait enfilé un costume trop petit qui le serrait au niveau des épaules. Il n'osait pas m'enlacer de peur que les coutures ne craquent. Il me contemplait de toute sa joie. Ce n'est qu'une fois retournés chez nous qu'il retira son costume et me serra de ses bras qu'il avait refermés comme les deux dents d'une tenaille bloquée. Il ne me lâcha plus. Il respirait difficilement. C'est lorsque son corps devint lourd, très lourd, que je réalisai. Monsieur F. mourut d'une embolie cérébrale fulgurante le jour même dans mes bras. J'eus beau hurler, alerter les pompiers, l'ambulance, l'entourage. On n'a jamais vu de vivants ressusciter les morts.

Après le décès de Monsieur F., je me suis replié dans mes quartiers, le calcul, et ma profession. J'eus à cœur d'analyser la vie à partir des chiffres. Leurs fluctuations. La netteté d'un dossier. La probité d'un autre. Les gouffres d'un troisième. La nature humaine n'est pas si imprévisible que ça. Tout est calculable. Tout est logique. Les liens sont partout. Calculer m'a aidé à retrancher de la souffrance à la vie. »

57

Je suis alors allée chercher les coupures de journaux dans ton boudoir, et les articles écrits par un certain R. D. L'émotion m'étreignait à l'idée que ton prisme et le sien fussent identiques. Lorsque je suis ressortie, agitant les coupures avec une photo du prisme, Eugène est resté imperturbable. Je les lui ai tendues. Il n'a manifesté aucun signe de surprise. « Je sais, m'a-t-il dit. J'ai les mêmes, en mieux. » Il s'est contenté d'extraire de son dossier un catalogue des ventes de Drouot daté de 2003 avec des photos du prisme prises par un photographe professionnel. Sur sa photo en couleurs, le prisme était rehaussé par un fond obscur. Sur la mienne, le prisme était flou. Je n'avais que des photos en noir et blanc, mal reproduites sur des papiers bon marché de journaux libanais, et un gros tas de coupures d'articles de 2003 que tu avais récupérés, comme on recolle des morceaux de vie. Nous avons comparé photos et articles. Il s'agissait indiscutablement du même prisme.

Eugène sortit également un ou deux extraits de journaux français où il était question d'un prisme revendiqué par le ministère de la Culture libanais. La sortie de cette pièce du territoire libanais avait été attribuée à des fouilles clandestines suivies d'une exportation illégale. Une enquête fut menée par les ministères des deux pays. En vue de sa restitution au gouvernement libanais. La transaction avait été suspendue le jour où Youssef avait posé une option sur la pièce depuis Buenos Aires où il résida dès 1970, y exerçant le métier de marchand d'art. Il recevait tous les catalogues des grandes salles de ventes et des sociétés de commissaires-priseurs dans le monde. Sotheby's. Christie's. Drouot. Il n'avait pas mis plus d'une fraction de seconde pour reconnaître le prisme dans le catalogue du mois de février 2003.

Personne, à part Youssef et toi, ne sut comment le prisme avait quitté le territoire libanais. Vous aviez contribué à votre insu à l'en sortir illégalement, au regard de la loi promulguée vers la fin des années 1980. Cette loi sur la régulation de l'exportation des antiquités libanaises n'entra en vigueur qu'à partir de 1988. Bien après que tu eus donné le prisme à Youssef, la veille de son départ pour Paris en 1967.

S'il avait tout abandonné en quittant Paris en 1968, Youssef ne lâcha pas son goût pour les fouilles. Il accumula une fortune colossale et devint l'unique référence en matière d'expertise d'œuvres d'art. São Paolo. Rio de Janeiro. Buenos Aires. Mexico. Il connaissait tous les collectionneurs et toutes les salles de ventes dans le monde. En quittant la France, il avait voulu s'éloigner de toi, conscient qu'il n'aurait pu répondre sincèrement à tes lettres sans t'avouer l'épisode de Luludja. Il avait préféré se murer dans l'oubli. À dater de ce jour, tu ne reçus plus aucune lettre de Paris. Youssef changea d'adresse, et se coupa de tout accès à ta correspondance. Ton chauffeur revenait penaud des bureaux de postes. C'est à peine si tu ne le consolais pas, refusant de laisser transparaître ta propre déception. Une fois dans ta chambre, sans doute te ruais-tu sur vos dernières lettres, les relisais-tu, en écrivais-tu d'autres que ton chauffeur postait inlassablement, d'un air résigné. Youssef était parti sans laisser d'adresse.

## 58

YOUSSEF PENSAIT qu'en mettant un océan entre lui et l'Europe il survivrait à sa trahison. Au début, il s'était contenté de changer d'adresse parisienne, espérant tout oublier. C'était compter sans les rues. Tout dans cette ville lui rappelait tes lettres. Depuis qu'il avait mis les pieds en France, il n'avait rien fait d'autre qu'attendre tes missives. Lorsqu'il avait quitté le 60 rue Gay-Lussac, il avait erré d'un hôtel à un autre avant d'être hébergé par son ami du Louvre des antiquaires. Il resta à cette adresse plus de six mois. Jusqu'à ce que Paris lui fût devenu insoutenable et qu'il décidât de quitter cette capitale où tout respirait ton absence. Il s'était rendu au 1 de la rue Rampon, à l'adresse de Luludja. Il avait voulu régler un compte avec cette amante d'une nuit qu'il avait abandonnée sans explication. Il s'en voulait de l'avoir quittée comme un voleur. Son intensité l'avait profondément marqué. Il avait ressenti le besoin de se racheter de ce départ à la sauvette, lui qui avait toujours vilipendé celui de son géniteur. Hafèz. Jamais il n'avait pu prononcer son prénom. Lorsque sa défunte mère lui parlait de son père, décrivant un jeune fils de notable élancé, Youssef le surnommait « l'abandonneur ».

Il avait quitté l'appartement de son ami très tôt. Il savait Luludja noctambule. Elle ne rentrait jamais chez elle avant l'aube. Son regard obscur hantait Youssef, qui ressentait le besoin de l'affronter une dernière fois. Il n'avait pas voulu quitter la France sans avoir dit à Luludja ce que ses grands yeux noirs méritaient de savoir. En réalité il voulait se réhabiliter lui-même. Il se tenait debout, à une rue de son immeuble. Il était cinq heures du matin. Il bredouillait encore en pensées lorsqu'il vit Luludja dans la rue s'approcher de la grande grille en fer. À peine l'eut-il aperçue qu'il crut que la terre s'arrêtait de tourner. Luludja était enceinte. Un ventre aussi rond que la terre fut plate pendant des siècles. Et lui, se dit-il, quel rôle avait-il eu dans ce cercle presque parfait ? Il revit leurs corps, six mois plus tôt dans cet appartement, et ressentit sa trahison comme un couteau dans le dos. Luludja ne soupçonnait aucune présence et s'engouffra dans l'immeuble. Elle disparut de l'autre côté de la grande grille en fer avant que Youssef n'osât l'approcher. Il resta debout sur le trottoir, sous le choc de cette grossesse.

Il pouvait apercevoir la lucarne éclairée de son appartement depuis la rue. Un jeu d'ombres et de lumières. Il hésita longtemps avant de tourner les talons définitivement. Luludja était enceinte de lui. Il en était certain. Il avait hérité contre son gré des mécanismes dont il avait souffert. L'abandon. Il quitta Paris sans hésiter. Il était le fruit de son destin. Fils de Hafèz, adopté par Melkon, Youssef aurait voulu partir avec plus de courage que son géniteur. Il partit avec à peine moins de lâcheté. Il prit le premier avion sans garder aucun contact avec Luludja. Il ne voulait plus rien de ce passé, ni de l'avenir susceptible d'en découler. Il ne se jugeait pas digne de toi à cause de Luludja, ni de Luludja à cause du départ, ni du fœtus à cause de l'abandon. Il trouvait impensable d'être père, lui qui n'avait pas été fils. Il était convaincu que s'il restait aux côtés de Luludja, son enfant serait à tout moment menacé d'être abandonné. Il préféra partir. « Quitter un fœtus vaut mieux que de quitter un enfant », avait-il pensé en battant en retraite. Après avoir découvert la grossesse de Luludja, il retourna à l'adresse de son ami, fit ses bagages, et avança son départ à destination de l'Amérique du Sud. Pour commencer, le Brésil. Pour finir, l'Argentine, où il rendit l'âme le jour anniversaire de sa centième année, au mois de février 2004.

Ce n'est qu'au mois de mai 2006 qu'Eugène reçut une lettre notariée, déposée en main propre par Eduardo de la Roja, l'homme de main et ami de Youssef durant les vingt dernières années de sa vie. Ils avaient fait connaissance à Mexico City, vingt ans plus tôt alors que Youssef s'était trouvé pris dans une embuscade en revenant de chez un client mexicain. Il avait été arrêté par un gang de rançonneurs armés, habitués à patrouiller dans les quartiers cossus de la ville à la recherche d'otages. Eduardo était un des leurs. Las de racketter, il cherchait depuis longtemps à se recycler dans un métier plus noble et moins risqué. Il avait préparé sa désertion. Comme on ne blanchit personne dans ce milieu, et que l'on n'en sort pas sans risquer la mort, il devait agir vite et disparaître après avoir assuré une planque à sa famille. Il avait à sa charge femme, enfants et mère. Chaque fois qu'il avait parlé de se retirer du métier, sa famille avait été menacée. Eduardo en savait trop. La promesse de son silence n'était pas, selon son chef, une garantie. Eduardo devait agir en secret et organiser le déménagement des siens, le jour même où il aurait décidé de fuir. Il prévut de combiner sa fuite un jour de prise d'otages. Eduardo s'était promis de faire profiter de sa désertion l'otage qui coïnciderait avec la date fixée. Youssef en profita.

## 59

Youssef n'avait pas eu le temps de réaliser ce qui lui était arrivé. À peine avait-il été capturé qu'il fut libéré. Il eut envie de comprendre pourquoi ses kidnappeurs n'étaient pas d'accord entre eux. Le jour même où Youssef avait été embarqué, cagoulé, les yeux dans le noir, les mains dans le dos, assis sur une chaise dans une pièce obscure, Eduardo était rentré en trombe dans la pièce, l'avait empoigné, porté sur son dos en courant tout le long d'un hangar insalubre qui servait de cache au gang. Youssef sentait ses côtes, son abdomen, son foie, tous ses organes, heurter l'épaule de cet homme. Il ne pouvait rien voir à travers la cagoule qui lui couvrait le visage mais il entendait sa respiration. Ce n'est qu'une fois en sécurité qu'Eduardo posa son colis, le détacha, lui ôta la cagoule, se présenta brièvement avant de lui dire. « Vous êtes un homme libre. Rentrez chez vous. J'ai à faire. » Sans un mot de plus, Eduardo ramassa sa silhouette trop grande et tourna les talons. Youssef resta un moment sur le trottoir à se demander s'il n'avait pas rêvé. L'homme qui l'avait sauvé était en train de disparaître au croisement de la rue lorsqu'il partit à sa poursuite. Il courut après lui plus vite qu'il ne pensait savoir courir. Une fois qu'il l'eut rejoint, il s'arrêta, haletant, lui prit la main et respira de manière rapprochée comme on rattrape un souffle. Eduardo s'impatientait. Ils étaient en plein milieu d'une rue passante. Il fallait que personne ne les voie. Il empoigna Youssef par le bras, le tira dans une impasse, le plaqua contre le mur fermement. « Maintenant, señor, écoutez-moi bien. Il faut me lâcher. Vous m'entendez ? Il faut partir. Rester avec moi est dangereux. Déguerpissez. Sinon vous êtes un homme mort. Vous m'entendez ? Mort. » Eduardo n'avait pas le temps de s'éterniser. Il devait quitter au plus vite le territoire. Il avait lâché Youssef et s'apprêtait à faire volte face lorsque ce dernier le retint. « Non, ne partez pas. Je pense que je peux vous aider. »

Si Youssef n'avait pas eu le courage d'affronter Luludja, encore moins de t'écrire, il n'était pas homme à oublier ses dettes. Il avait vu faire Melkon et avait gardé en mémoire chacun de tes regards. Il voulait ressembler à l'intégrité de ce passé qui ne le lâchait plus. Même s'il avait toujours eu une propension aux départs précipités, il connaissait trop bien la valeur d'une parole donnée pour ne pas apprécier celle de sa vie sauve. Il proposa à Eduardo et tous les siens une planque en Argentine. Il avait pour client le chef d'un groupe de la mafia argentine. Ce chef affirmait partout que l'éthique du beau et le crime n'étaient pas incompatibles. Le client aurait pu vendre son âme et celles de tous ses gardes du corps pour une œuvre, une seule de

Picasso. Youssef venait d'acquérir deux toiles du maître du cubisme. Il lui en proposa une contre la sécurité d'Eduardo et des siens, et leur sortie clandestine du Mexique. Le client trouva le service demandé bien payé. Youssef trouvait que sa dette envers Eduardo n'avait pas moins de valeur qu'un Picasso.

Eduardo fut toute sa vie redevable à Youssef de sa réinsertion. À peine eut-il atterri à Buenos Aires avec son faux nom d'Eduardo de la Roja, que Youssef lui dégota un travail de commis dans son commerce d'art. Eduardo devint peu à peu son unique homme de confiance et, bien plus tard, son confident. Aussitôt que Youssef apprit la vente du prisme dans une salle de Drouot, il envoya Eduardo en éclaireur, le chargeant de se porter acquéreur de l'objet quel qu'en soit le prix. Un moment, Youssef eut peur de se tromper de prisme et que celui du catalogue ne fut pas celui qu'il avait détenu. C'est en lisant toutes les spécificités techniques de l'objet qu'il le reconnut sans équivoque comme il aurait pu te reconnaître après plus d'un demi-siècle de séparation, ou dans une autre vie, parmi un million de femmes. Le prisme n'était autre que celui que tu lui avais donné à Beyrouth la veille de son départ. Tout son passé lui sautait à la figure comme un ressort comprimé dans les méandres du déni. Il avait sciemment tout refoulé pour ne pas s'en vouloir d'être deux fois parti. Sa seule consolation durant vingt ans avait été d'avoir emporté vos lettres qu'il s'était empressé de ranger dans le coffre-fort de sa résidence de Buenos Aires. Une grande salle aménagée par lui en bunker et où étaient stockées les pièces qui avaient le plus de valeur. Tableaux, antiquités, peintures, sculptures. Tes lettres trônaient entre une sculpture de Rodin, un buste de l'époque romaine et des mosaïques gréco-romaines. Il les avait posées sur une étagère à coté d'une collection de monnaies anciennes.

Jamais Youssef ne chercha à te retrouver. Il s'était contenté de vivre dans le souvenir de votre histoire. Du ton amoureux de ta dernière lettre. Il avait quitté le 60 rue Gay-Lussac comme on quitte une idylle à son apogée pour se préserver d'assister à son déclin. C'est Luludja qui avait tout fait basculer. Il aurait presque pu établir un calendrier à partir de cette date. Après Luludja. Il avait continué à t'écrire depuis son Argentine adoptive de longues lettres pleines de sincérité qu'il n'avait jamais postées. Il se contentait de les ranger au-dessus des tiennes comme on maintient en vie l'absence. Une sorte de bouche-à-bouche administré à un cadavre déserté par la vie. Lorsque ton silence lui était insoutenable, il se raccrochait au souvenir de toi, comme un naufragé à la bouée de sa mémoire. Au début Eduardo pensa que son maître était homosexuel. Jamais il ne le voyait avec une femme. Comme il ne le voyait avec aucun homme non plus, il pensa qu'il avait affaire à un moine en civil, mais Youssef ne priait jamais. Eduardo finit par se dire qu'il devait être asexué pour n'avoir ainsi aucun autre besoin que celui de collectionner des œuvres d'art. Youssef s'était enfermé dans ta correspondance, nourri de sa *saudade* de Beyrouth et de toi. La première fois qu'il s'était rendu au Brésil, il était resté longtemps en apesanteur dans ce mot dont l'équivalent ne se trouve dans aucune langue. *Saudade.* Comme un gouffre au-delà du manque et de la nostalgie. Lorsque la guerre éclata au Liban en 1975, il continua d'écrire des lettres qu'il entassa dans son bunker. Il se trouvait minable de t'avoir laissée si longtemps sans nouvelles et n'osait pas surmonter ce qui l'en dissuadait. La vérité. Il ne t'aurait posté aucune lettre qui n'eût commencé par le récit de l'épisode Luludja. Il trouvait moins lâche d'interrompre votre correspondance que de reprendre votre idylle en la tronquant d'une partie de la vérité. S'il te respectait trop pour te mentir, il ne se respectait pas assez pour ne pas se mentir à lui-même. Il se mit à écrire comme un forcené de longues lettres où il ne fut jamais question de Paris ni de Luludja. Il contournait cet épisode comme s'il était possible de se débarrasser d'une tranche du temps et de recoller avril à juin. Il prolongea son idylle là où il l'avait laissée. Sa vérité sur mesure ne regardait que lui. Il ne posta jamais ses lettres qu'à lui-même.

## 60

Revoir le prisme l'empêcha de mourir tout de suite. Le souvenir de Luludja le rattrapa d'un coup. À quatre-vingt-dix-neuf ans, Youssef sentait qu'il se rapprochait de son trépas comme un fœtus de sa naissance. Aussitôt que le prisme refit surface, il voulut achever ce qu'il n'avait pas réussi à accomplir ce fameux matin de novembre 1968, lorsqu'il avait fui à l'idée que quelque chose dans le ventre de Luludja lui appartienne. Fils adoptif, avec un double rôle d'abandonné-abandonneur, Youssef voulut se racheter. Il s'en était voulu d'avoir bénéficié de l'amour inconditionnel de Melkon sans avoir rien fait lui-même pour rendre à la vie un peu de ce qu'elle lui avait offert. Il chargea Eduardo de retrouver la trace de cette femme et de l'enfant qu'il l'avait vue porter. Malgré mille investigations, Eduardo ne put trouver aucune trace de Luludja. Que le vent. Celui qu'elle avait dû rejoindre, s'était dit Youssef en crachant du sang. Youssef avait une tuberculose pulmonaire qu'il ne voulut pas soigner. « De toutes manières, disait-il à Eduardo qui le sermonnait pour qu'il ne se laisse pas aller, de toutes manières, à quatre-vingt-dix-neuf ans il est inutile de ne pas mourir. » Seul l'espoir de se racheter de ses dettes l'aidait à combattre sa maladie.

Eduardo se démena, pour garder son maître en vie. Il chercha partout. Parmi les vivants et les morts. Dans les cimetières. Les morgues. Il ne la trouva nulle part. Il avait fallu un an pour qu'Eduardo en arrive au constat de la disparition totale de Luludja et de l'impossibilité de retrouver l'enfant. Eugène avait changé de nom de famille, passant par toutes les procédures légales pour y arriver. Il n'avait reculé devant aucune difficulté pour couper tout lien avec sa mère. Il s'était amputé de son nom, « jetant dans l'oubli les moignons inutiles », raconta-t-il plus tard à Eduardo, lorsque ce dernier eut fini par le trouver. La seule chose qu'il avait gardée de sa mère était son prénom. Indice bien trop petit pour qu'Eduardo y vît une piste. Eugène avait essayé maintes fois de retrouver les traces de son père, mais, hormis le prisme de son enfance, il ne disposait d'aucun indice, pas même le plus petit. Lorsque le prisme fut mis en vente à Drouot, Eugène n'en sut rien, trop occupé qu'il était à être ponctuel à ses rendez-vous de contrôles fiscaux. Eugène partait de chez lui deux heures à l'avance pour éviter les heures de pointe. La foule l'insupportait autant que le calcul le sécurisait.

Youssef écrivit un testament dans lequel il nomma Eduardo exécuteur testamentaire. Par ledit testament il légua sa fortune au fœtus qu'il avait abandonné un matin de novembre 1968 au 1 rue Rampon. À défaut de retrouver Luludja, il enjoignait Eduardo de retrouver cet homme, peut-être cette femme. Eduardo devait remettre à la personne concernée le testament notarié ainsi que la fortune de Youssef avec, pour seule condition à son exécution, la remise des lettres en main propre à cette femme qu'il avait jadis aimée, et dont il avait maintenu le souvenir à travers des lettres jamais postées mais écrites comme on tient un journal. Comme tu étais bien plus jeune que lui, Youssef espérait que tu sois toujours en vie à l'heure où il écrivit le testament. Il y marqua ton adresse. Celle qu'il connaissait de mémoire. « Un peu à gauche du bonheur, à la frontière de sa perte, entre le chêne de la grande résidence blanche et l'ambassade d'Iran », écrivit-il. Tout le temps qu'avait duré la guerre civile, il avait suivi les incidents de très près et s'en était voulu de son incapacité à t'écrire. Même les nouvelles des affrontements n'avaient pu l'y résoudre. Par son testament, il restituait à la vie les maillons qui comptaient, en prévoyant tout. Jusqu'à la possibilité de ta mort. Dans ce cas précis, il avait envisagé que les lettres soient publiées. Et dans le cas du décès de l'enfant de Luludja, Youssef avait prévu de léguer toute sa collection d'œuvres d'art à l'État argentin. Eduardo fut contacté par des commis de l'État informés du testament de Joseph el Afortunado. Tous lui proposèrent des commissions jusqu'à hauteur de vingt pour cent de la valeur de la fortune de Youssef, s'il déclarait la mort du fœtus et arrêtait toute investigation. Eduardo n'était pas homme à être rançonné. De son enfance dans la rue, il avait appris la fidélité à la parole donnée. Il avait reçu le dernier souffle de Youssef en échange de sa promesse d'exécuter à la lettre chaque clause du testament. Youssef avait fini par raconter à son homme de main le passé qui entourait le paquet de lettres posé dans son bunker. Eduardo s'était toujours retenu de lui poser des questions. Le tas de papiers et d'enveloppes amoncelé sur l'étagère l'avait intrigué bien plus que ne l'émerveillait tout le ramassis d'œuvres d'art accumulées. Lorsque Youssef mourut, Eduardo ne dérogea pas à sa parole. Il fit ses bagages et partit s'installer en Europe. Il ne voulut engager personne pour l'aider dans ses recherches. Il ne faisait confiance qu'à lui-même, convaincu qu'un travail bien fait ne pouvait être exécuté que par soi. Un réflexe qui lui était resté de son passé de délinquant. Lorsqu'il fallait lyncher quelqu'un, Eduardo n'acceptait jamais qu'un autre le fasse. « Comme tu fais ton lit, tu dors, expliquait-il à Youssef lorsqu'il lui racontait sa vie. Comme tu tues celui qui veut te tuer, tu vis. » Du temps de la rue, Eduardo n'avait jamais accepté de déléguer le sale boulot. Du temps de sa réinsertion, non plus : il n'acceptait pas qu'un autre accomplisse les missions dont Youssef le chargeait.

Il fallut à Eduardo deux ans à compter de la mort de son patron pour retrouver Eugène. Il fut soulagé que l'enfant de cette nuit fût un homme. Misogyne dans l'âme, il aurait difficilement supporté l'idée de confier cet héritage à une femme, presque certain qu'elle n'aurait pas été capable de gérer une si grande fortune. Lorsqu'il se fut assuré auprès de l'État civil de la naissance d'Eugène, de son parcours, et de son adresse, il se présenta chez lui, un dimanche matin du mois de juin 2006.

# 61

Il avait sonné à sa porte alors qu'Eugène était en train de lire Machiavel. Pour éviter de souffrir, Eugène se nourrissait de la stratégie politique de ce philosophe dont il admirait les calculs prévisionnels. Il y voyait bien plus qu'un manuel politique. Un manuel existentiel. Eugène aurait voulu tout contrôler, depuis sa naissance jusqu'à son sentiment d'abandon. Tout contenir des forces extérieures à son libre arbitre. Revenir en arrière et changer les données d'un destin qu'il n'avait pu choisir. Seul le calcul l'extrayait de sa douleur. La gymnastique mentale fut pour lui une évasion dont il se servait comme on abuse d'une drogue. Il n'en sortait que pour répertorier un dossier frauduleux. Calculer et lire étaient les deux seules activités qui le réconciliaient avec le monde et sa révolte. Eugène n'était très calme qu'en apparence. Car il avait eu beau faire, il n'avait pas réussi à apprivoiser le sentiment de n'avoir été que du sperme abandonné dans les ovaires du vent. Même renier sa mère ne l'avait pas apaisé. Égrener des chapelets de chiffres lui offrait un espace mental où se réfugier.

Après avoir enterré tout espoir de retrouver son père, Eugène versa dans la littérature. Peu enclin aux mondanités, il restait chez lui à lire en écoutant n'importe quelle musique pourvu que l'équation de la mélodie le satisfasse. Souvent il fermait les yeux en pensant à cette phrase de Camus : « Dieu nie le monde, et moi je nie Dieu ! Vive rien puisque c'est la seule chose qui existe ! » C'est pour se rapprocher de ce rien qu'Eugène avait fui tous les signes extérieurs de richesse, dédiant sa vie à contrôler celle des autres. « C'est pour me rapprocher de l'être », raconta-t-il à Eduardo une fois que les présentations furent faites. Lorsque ce dernier lui eut exposé les raisons de sa venue, le récit de son père, sa mort, son testament, son legs, Eugène crut à un mirage. C'était comme si, tout à coup, on lui avait affirmé l'existence de Dieu. Lui qui ne croyait pas même au hasard. Il avait longtemps tenté d'établir une équation qui puisse définir Dieu en chiffres, du moins trouver Son multiple, et avait fini par associer Son absence à celle de son géniteur.

Voilà que son destin était venu le trouver à son domicile. Dans un petit studio d'une rue marchande de Marseille. Au dernier étage d'un immeuble qui sentait la friture et les merguez. La patronne du bistrot attenant à l'immeuble commençait très tôt ses préparatifs et ne fermait que tard dans la nuit. Eugène dormait peu, et n'ouvrait jamais la fenêtre pour éviter les odeurs. Cette fois, il s'était levé, avait ouvert les deux battants en bois, pris une cigarette sans en offrir à Eduardo et tiré nerveusement son briquet en fixant l'horizon. Comme s'il y scrutait quelque chose d'absurde.

« Et si je n'étais pas son fils, dit-il d'une voix cassante.

– Peu importe.

– Et si j'étais le fils d'un autre ? insista-t-il.

– Peu importe, répétait Eduardo comme un automate.

– Comment ça, peu importe ? Ma mère était fille du vent. Elle a couché avec le vent, vous comprenez ? Le vent. Il n'y a rien dedans. Absolument rien. J'ai autant de chance d'être le fils de ce Joseph que celui d'un autre. »

Eugène prit une longue bouffée de cigarette. La dernière fois qu'il avait perdu le contrôle remontait au jour où sa mère lui avait annoncé la vente de la statuette. Eduardo, lui, ne perdait jamais le contrôle. Un réflexe qu'il avait gardé.

« Peu importe, dit-il d'un ton calme. Joseph savait tout ça. Le testament stipule de manière catégorique ta filiation sous n'importe quelle forme. Fils naturel ou adoptif. Il y est même question d'interdiction formelle de le prouver par un test ADN. Peu lui importait de savoir. Pour lui, tu es l'enfant de cette nuit. Il a eu besoin de le croire jusqu'à sa mort. De vivre avec. Dans le cas où tu ne serais pas son fils naturel, il t'adopte post-mortem. Sa dernière volonté a été pour toi. Son legs aussi. Son histoire avec le Liban. Avec cette femme qu'il t'enjoint de rencontrer au plus tôt. " Sur elle repose l'universel, comme sur tout être soucieux de vivre autrement qu'immobile. " Regarde, c'est écrit à ton intention dans le testament. Avec son adresse. La même que celle où il se rendait quarante ans plus tôt. »

Eugène ne regarda pas. Il continuait de fixer l'horizon. Il avait retrouvé sa voix d'expert-comptable. « Le Liban, dit-il en aspirant sur sa cigarette. Le Liban ce n'est pas loin. »

# 62

Eugène avait pris le premier vol disponible. Il avait eu quelques rendez-vous professionnels à honorer avant cette mission à laquelle, aussi ému qu'il puisse être, il se sentait étranger. Comme investi d'un rôle de narrateur dans un script où la vie s'était jouée sans lui. Il avait pensé à cette phrase de Machiavel : « Le hasard gouverne un peu plus de la moitié de nos actions, et nous dirigeons le reste. » Eugène ne savait plus de quel reste il était le maître.

Il avait atterri à Beyrouth le 3 juillet 2006, une dizaine de jours avant que le ciel ne tombe à nouveau sur ce pays où la guerre est devenue une coutume. Ciel ou avions, c'est pareil. La guerre ici est un long cycle tranquille. Ton deuxième jour de condoléances coïncida avec la date fatidique du 12 juillet. Jour 2 de ta mort. Jour 1 d'une nouvelle guerre. Jour 0 du récit d'Eugène. Tous ces nouveaux calendriers sur lesquels j'allais devoir ajuster ma vie. Voilà trois jours que j'avais rencontré pour la première fois Eugène dans ton salon, entouré de corbeaux, le jour de la première rafale d'obus tombée comme une sentence sur ce Liban à la merci d'un ciel réduisant à néant qui il veut. Ce qu'il veut. Quand il veut. Infrastructures routières en poussière. Aéroport fermé. Voies maritimes fermées. Voies terrestres aussi. Humains encagés sur terre comme au ciel. Comme en vie.

Loin d'imaginer ta mort et celle de ton pays, Eugène avait pris son temps avant de franchir le grand portail qui mène à ton jardin. Une semaine pour repérer ton domicile, tourner dans le quartier à la recherche d'informations, poser des questions partout. Une semaine durant laquelle il était resté de l'autre côté de la grande grille. Un épicier du coin l'avait assuré que tu étais en vie, ainsi que le va-et-vient de tes proches. Ton fils, ta fille. Mirjana, ma cousine. Moi, en coup de vent, la veille de mon départ pour Paris le 10 juillet 2006. Et tes amies à qui tu donnais rendez-vous bon gré mal gré, préférant la compagnie des jeunes. Lorsque j'arrivais chez toi faisant la moue à la vue d'autres visites que la mienne, tu ne savais plus comment expédier tes visiteurs sans déroger aux règles élémentaires de la courtoisie pour courir me retrouver dans ton jardin d'hiver où je me réfugiais.

Eugène n'était pas homme à franchir les pas importants à la légère. Il avait mis dix jours et dix nuits à se décider. Il avait fixé son courage au 12 juillet. Il allait enfin te rencontrer. C'était compter sans ta mort. Tu t'éteignis en plein sommeil dans la nuit du 9 au 10 juillet, à minuit, au commencement d'un nouveau jour. T'étais-tu entendue avec ton souffle pour qu'il te lâche sans prévenir ? Tu appréhendais les adieux. Tu ne mourus pas, tu t'effaças comme on passe, imperceptiblement, des vivants aux morts.

Lorsqu'Eugène sortit de son dossier une lettre écrite de ta main, j'eus la certitude de ton idylle. De ton existence aussi. J'aurais reconnu ton écriture parmi des milliers d'autres. J'ai eu beau chercher parmi tes autres lettres une trace de Youssef, je n'ai rien trouvé, pas même une seule construction grammaticale. Juste des coupures de journaux et des photos d'un prisme qui fit couler beaucoup d'encre et coûta autant d'efforts aux ministères concernés. Je reconnus ta signature sur le papier à lettre que me tendit Eugène. Les feuillets étaient jaunis. Au bas de chacun d'eux, ton nom, calligraphié. Enfant, je me perdais dans les jambages de tes lettres espérant appartenir au même monde que toi. Eugène resta impassible. J'étais prise dans les filets du temps. Je pensais au bunker où elles avaient passé vingt ans. J'osais à peine les tenir, comme si ta mémoire pouvait s'effriter. Cette amitié amoureuse avait donc existé. Jamais tu n'en parlas. Peut-être avais-tu craint que je ne la prenne pour une lubie.

« Et ton corps ? Hein ton corps ? Qu'en as-tu fait ? » t'aurais-je peut-être demandé s'il t'avait pris la fantaisie de me raconter l'indicible.

« Le cœur ne se dit pas, il se chuchote, sans presque de voix, disais-tu. C'est un murmure de lèvres d'où aucun son ne sort et où tout est possible. » Tu ne séparais jamais cœur et corps.

« Désuet. Désuet, le cœur. Le plaisir est ailleurs. Ici. Et maintenant », te disais-je, moi qui n'ai jamais vécu d'amour et d'eau fraîche. De sexe et de solitude, ça oui.

« Le désir est un mirage au bout duquel on a la bouche remplie de sable, t'avais-je dit avant de prendre l'avion pour Paris, la veille de ta mort.

– Rien n'est grave, tout se récupère, m'avais-tu répondu. »

Ma main tremblait. Je n'ai pas réussi à pleurer ta mort. « Comment pleurer la vie ? » disais-tu chaque fois que tu revenais d'un enterrement. Jamais tu n'essuyais mes larmes sans me poser une colle. « Est-ce sur la perte que tu pleures ou sur toi-même ? » J'arrêtais aussitôt mes sanglots. J'étais vivante. Le seul message que tu aurais voulu donner eût été qu'à ton dernier festin nous levions notre verre à la vie qui reste. Au lieu de quoi j'ai levé mon verre à la mort des corbeaux. Les savoir en vie, et toi sous terre, m'insupporte. Depuis ta mort je me surprends à trouver les larmes inutiles. Il faut que la douleur durcisse à l'intérieur de moi pour que je puisse l'écrire. J'ai pensé à ta main posée sur la mienne lorsque j'apprenais à calligraphier mon premier alphabet. Aujourd'hui encore tu me tiens par la main pour m'éviter les effondrements qui tuent. Eugène m'arracha de mes pensées en se levant de sa chaise. Il me regarda du haut de son mètre quatre-vingt-dix. Nous étions tous les deux émus. Lorsque mes yeux croisèrent les siens, je m'entendis lui dire cette phrase qui est sienne : « Pas nécessaire. » Il sourit.

Eugène se dégourdit les jambes en faisant les cent pas dans ton salon avant de revenir s'asseoir. Je n'interrompis pas son silence. Tout à coup, comme s'il avait été frappé d'une illumination, il se pencha vers la table basse en bois laqué, ouvrit sa sacoche et en sortit plusieurs tas de papiers et d'enveloppes qu'il posa devant moi. Côte à côte, tes lettres, et celles de Youssef. Pêle-mêle comme deux corps réunis. J'en pris une poignée que je laissai tomber aussitôt. Eugène prit la parole avec ce ton maîtrisé qui m'avait tant incommodé la première fois et qui, maintenant, me sécurisait.

« Ces lettres sont ta propriété désormais.

– Comment ça, ma propriété ? Mais je croyais que le testament stipulait que, dans le cas de la mort de la destinataire, les lettres revenaient de droit à un éditeur ?

– Pas sans l'accord du légataire. Le légataire, c'est moi. Si je refuse, elles me reviennent de droit. Je te les donne. »

Eugène exécrait la sensiblerie, mais il avait l'élégance des sensibilités discrètes. Il sentait que j'habitais encore l'enfance. Percevait l'effritement commun de nos âmes rapiécées. Il aurait eu beau vouloir s'en cacher, nous étions issus du même manque. De l'angoisse de vivre seul ce qui reste. Il a certainement pensé qu'en me laissant les lettres il allègerait mon tribut, me rendant un peu de ce hasard qui lui était tombé dessus comme une gifle, ou son revers. Il ne s'était pas attendu à rencontrer la foi en ouvrant nonchalamment la porte à Eduardo. Ni à trouver de la vie dans ce qui ne se calculait pas. Quelque chose en lui était mort depuis ce jour. Il s'était rendu compte de la toute puissance de son impuissance. De l'inévitable intégration du hasard dans ses équations. L'apparition de son père avait ramené à lui le visage de sa mère. Avant même que je ne puisse protester, il se leva.

« Tu vas où ? lui demandai-je, comme si j'avais tout à coup un droit de regard sur sa vie.

– J'ai un passé à rattraper.

– Encore ? »

Pour toute réponse il cita Nietzsche : « Vénérez la maternité. Le père n'est jamais qu'un hasard. » Il partit sans un autre mot. Sans un au revoir. Cassé par un remords que je devinais. Sans doute avait-il changé d'absence. Celle de sa mère emmurée revenue le hanter.

# 63

Notre entrevue au beau milieu du chaos de la guerre était surréaliste. La vie derrière soi. La guerre devant. Nous avions éteint la télévision. Le récit d'Eugène n'avait pas laissé moins de terres en friche que tous ces obus. Le téléphone n'avait pas cessé de sonner. Ni Eugène ni moi ne nous en étions rendu compte. Sur mon téléphone portable, j'avais une cinquantaine de messages. Mes parents. Mes enfants. Anis, Fadi et Marc. Même Fayçal, de qui je reçus un message inquiet. Peut-être la peur d'avoir à élever seul ses enfants s'il m'arrivait quelque chose. Toute cette vie qui semble être mienne. L'impression surtout de n'avoir rien décidé.

« Il n'y a de hasard, disais-tu en citant Plotin, que dans les choses dérivées et multiples. » Tout ce ramassis de chassés-croisés me laisse sans voix. Ce n'est pourtant pas faute de faire des liens. Une manie de jeunesse. J'en fais partout. Entre tes récits et ma vie. Tu me proposais le manuel des amours qui durent. Ton mari. Son décès. Jamais tu n'as parlé de Youssef, comme s'il s'agissait là d'un hasard interrompu et sans importance. Je ne sais toujours pas où situer Eugène. Alors qu'il parlait, j'ai ressenti l'urgence de vivre autrement qu'en cumulant deux verbes. Naître et mourir. « Tout ce qui est essentiel converge », disais-tu avec pour seul objectif la vie en soi.

Après le départ d'Eugène, je suis restée prostrée. Je pensais à ton idylle. Au silence de Youssef. Sans nouvelles de lui durant près de trente ans, continuas-tu d'écrire avec la persévérance des cœurs qui se méritent ? On n'a pas toujours ce qu'on mérite. « On fait ce qu'on mérite, disais-tu. Si tu détiens un morceau infime de l'amour, accroche-toi, dussent tes ongles se retourner sur eux-mêmes. » Tu avais bâti l'amour à mains nues. Je pense à tes déformations et tente de me souvenir de la morgue. De tes mains déformées par l'arthrose. Je ressens une angoisse soudaine pour ton âme arc-boutée au-dessus des lettres que je t'imagine poster inlassablement à l'adresse du 60 Gay-Lussac, ignorant tout du départ de Youssef. À quel malentendu attribuas-tu son silence ? À quelle catastrophe ? Tu avais suivi jour après jour les incidents de mai 68, supputant les causes de son silence. Lorsque tout rentra dans l'ordre à Paris, sans doute continuas-tu d'écrire ces lettres où l'amour rivalisait avec les non-dits, envoyant ton chauffeur au bureau de poste alors que tu restais sur ta véranda à contempler le laurier rose dont Youssef aimait la couleur. J'imaginais Rose, la concierge, se ruer sur tes lettres, les ouvrir, les parcourir, puis les dévorer voracement comme on crève les yeux d'une plus envoûtante. Comme on en veut au destin de donner tout à une femme et juste la disgrâce pour soi. Après tout n'avait-elle pas dit à Luludja que Youssef était mort ? Nul ne saura ce qu'il en fut des lettres et s'il y en eut. Jamais je n'aurais eu vent de votre correspondance, ni du reste, sans Eugène. Avais-tu tout détruit pour survivre au silence de Youssef, reléguant tout ce qui fut lui au secret ? Jamais tu ne me parlas de lui malgré mes questions. Intriguée par ton veuvage monastique, je te faisais souvent part de mon incrédulité. « Tu vas me dire, toi qui aimes la vie, que tout ce temps tu t'es passée d'hommes ? » J'avais dit « homme » comme j'aurais dit « numéro ». Tu avais posé sur moi un regard gris, de qui connaît le prix de l'attachement. « Qu'est ce qu'un homme pour toi ? » À cette question je n'eus jamais de réponse. Chaque fois que j'avais pensé m'adresser à une âme, j'avais heurté un corps. Chaque fois que j'avais pensé m'adresser à un corps, j'avais heurté une âme. La délicatesse est un art difficile.

On reconnaît les êtres à leur enfance. Moi j'avais le souvenir de ce qui suivit. La guerre. Les obus. Le mariage. La révolte face à ce qui m'était imposé. À commencer par la vie en soi. J'aurai pu tout traîner en justice. Mon mari. Mes amants. L'humanité. Les religions. Jusqu'à Dieu lui-même. Il a fallu ta mort pour que l'enfance me revienne en mémoire. Cette manière que tu avais de ne pas détacher tes yeux de ton laurier en émettant un soupir qui ressemblait à un soulagement. « Quelle petite grande chose que la vie ! » Tu faisais une pause avant d'ajouter : « Détourne tes yeux de ce qu'il y a de laid. La beauté nous regarde de face. » J'aurais bien aimé. Ma déception était hideuse et tes théories utopiques. J'ai longtemps cru que tu vivais dans le conformisme avant de réaliser que tu vivais pour elle. La beauté. Moi je voulais l'urgence. Marcher dans ton sillage le plus vite possible. « Mon laurier a mis cinquante ans, répliquais-tu. Cinquante ans pour grimper le long de la façade. Ne te presse pas. Tout arrive à temps. Surtout la beauté. » Je rêvais du reste. La paix à temps. Le bonheur aussi. Si j'avais eu à renaître, j'aurais tout changé sauf toi. Je n'avais pas eu à te chercher pour te trouver. Tu étais là, tout simplement.

## 64

Je me suis levée précipitamment. Direction le centre-ville. J'ai besoin de changer de cadre. J'ai pris un grand sac dans lequel j'engouffre pêle-mêle les lettres qu'Eugène a laissées et je sors. Anita a tenté de me retenir. Le bruit des obus continue à sourdre. Elle marche derrière moi à petits pas. « *It's not reasonable, miss.* » Je l'avais presque oubliée tant elle fait partie du décor. Je ne sais même pas si je l'ai vue. Je suis décidée à marcher sans but.

Le centre-ville me fait penser au no man's land de ce qui fut jadis ta région. Tour à tour quartier fantôme sur des lignes de démarcation, et quartier cossu au cœur des spéculations financières. Le prix du mètre carré à Beyrouth dépend du nombre d'obus par mètre carré. Le Liban entier dans les spéculations politiques des autres. Tous les restaurants ont été désertés. La vie, laissée à l'abandon, même si hier encore une foule d'enfants et de rires grouillait sur la grande place de l'Étoile. Seul un tout petit café semble ouvert, timidement, comme on hésite. Je rentre et trouve un homme longiligne qu'on dirait sorti d'une exposition de Giacometti. Il s'active à récurer le sol avec une serpillère. Je lui demande :

« C'est ouvert ? »

Il ne sursaute pas. Nous semblons tous deux en décalage avec le contexte. À part lui et moi, aucune âme qui vive. Il met un certain temps avant de se tourner vers moi. Il a les gestes lents de qui n'attend plus de surprises.

« Que puis-je pour vous aider ? »

Il ne semble pas étonné de me voir.

« Une table. Puis-je m'asseoir à une table ? »

Il hoche la tête imperceptiblement en guise d'affirmation, comme s'il ne pouvait faire deux choses à la fois. Parler et bouger.

« Puis-je également avoir un verre d'eau ? »

Il pose la serpillère et, pour toute réponse, me sert un grand verre d'eau qu'il pose sur la table, avant de reprendre son activité. Il ne m'adresse plus la parole. Sans doute a-t-il compris que pour être tous les deux réunis en ces lieux, il faut que nous soyons au mieux fous. Au pire au désespoir. Nous entendons les obus de loin. Nous n'avons rien à perdre de cette vie qui se perd.

Je pose les lettres sur la table, à côté du verre d'eau. Je suis absorbée par la mémoire de ce qui n'est plus. L'enfance n'habite rien, ou si peu de choses. Je me souviens avoir lu parmi tes papiers une lettre adressée à ta grand-mère morte à qui tu vouais des sentiments semblables à ceux que je te voue. J'ai toujours cru en la réincarnation des mots. Des sentiments. Toute ma vie je m'étais préparée à recevoir ta mort comme on reçoit la vie. Une semaine avant ta mort, on en a ri. Tu voulais que ton âme serve un corps qui ait perdu la sienne. Je voulais postuler pour ça. Ton âme. En avoir deux juxtaposées, en cohabitation. Il est dit qu'à l'instant exact de notre dernier souffle nous perdons vingt-et-un grammes de notre poids. À peine avais-je appris la nouvelle de ta mort, à mon arrivée à Paris, que je courus. Me peser. J'avais demandé à la réception de l'hôtel un pèse-personne en même temps qu'un taxi pour Roissy. J'étais persuadée qu'étaient passés en moi ces vingt-et-un grammes. Je me suis souvenue de cette fois où nous avions été pour mon anniversaire chez le bijoutier du coin. Tu voulais m'offrir une chaîne en or. Je me souviens de son poids. Vingt-et-un grammes. Je ne pensais pas alors que viendrait un jour où je ferais le lien entre cette chaîne en or et ton dernier souffle.

Je suis extraite de mes pensées par un homme très baraqué. Un autre que le serveur. Avec lui dans la rue, nous sommes trois. Le serveur, lui et moi. L'homme dépasse ma table sans prêter attention à ma présence. Ni moi à la sienne. C'est lorsqu'il s'arrête que je sens son regard. Puis il fait volte-face, retourne sur ses pas et marche d'un pas déterminé en direction de ma table. Arrivé à mon niveau, il s'arrête, s'empare de mon verre d'eau, le boit d'une traite, le pose, puis tire un mouchoir avec lequel il s'essuie les tempes. Il fait moite. Les obus au loin ne sentent pas la fleur d'oranger. L'homme s'apprête à partir lorsqu'il se fige.

Pour la première fois, il me regarde dans les yeux. Puis, comme s'il était appelé ailleurs, détache son regard, et reprend son chemin. Avant de disparaître au coin de la rue, il s'arrête, se retourne à nouveau vers moi et me lance : « Vous avez des yeux perçants. Tristes. Mais perçants. » Puis il disparaît.

Pour un instant, un seul, j'ai vu de l'amour dans la perte des choses. Dans la disparition de l'inconnu au coin de la rue. L'évanescence de sa phrase au tournant. Ta mort, légère comme des plumes d'oie. Comme le poids d'une chaîne en or. Vingt-et-un grammes.

# CATALOGUE

1. ROBERT BELLERET
   *Les Bruyères de Bécon*
2. VINCENT BOREL
   *Baptiste*
3. DIANE MEUR
   *La Vie de Mardochée de Löwenfels, écrite par lui-même*
4. AMMAR ABDULHAMID
   *Dérèglements*
5. NUALA O'FAOLAIN
   *On s'est déjà vu quelque part ?*
6. MARIA SAVINIO
   *Aux côtés d'Alberto Savinio*
7. RAJAE BENCHEMSI
   *Marrakech, lumière d'exil*
8. MICHÈLE LESBRE
   *Boléro*
9. ANN CHARNEY
   *Dobryd*
10. ISABELLE MILLER
    *Le Syndrome de Stendhal*

11. ANDRÉ BUCHER
*Le pays qui vient de loin*

12. OSCAR VAN DEN BOOGAARD
*Mort de l'amour*

13. ZAHIA RAHMANI
*Moze*

14. SOPHIE BOURSAT
*L'Eau et l'Huile*

15. TAKIS THÉODOROPOULOS
*Les Sept Vies des chats d'Athènes*

16. ESTELLE LEMAÎTRE
*Swiftitudes*

17. NUALA O'FAOLAIN
*Chimères*

18. CHAHDORTT DJAVANN
*Autoportrait de l'autre*

19. SALVADOR DALÍ
*Visages cachés*

20. ROBERT BELLERET
*Sixties*

21. TUNUNA MERCADO
*Mémoire argentine*

22. ANN CHARNEY
*Le Jardin de Rousseau*

23. JEAN-LUC BIZIEN
*Marie Joly*

24. MICHÈLE LESBRE
*Un certain Felloni*

25. GÉRARD GUÉGAN
*Inflammables*

26. VINCENT BOREL
*Mille regrets*

27. ANDRÉ BUCHER
*Le Cabaret des oiseaux*

28. OSCAR VAN DEN BOOGAARD
*Pollen*

29. ANNA BOLECKA
*Mon cher Franz*

30. DIANE MEUR
*Raptus*

31. ZAHIA RAHMANI
*« Musulman » roman*

32. NUALA O'FAOLAIN
*J'y suis presque*

33. PATRICK DELPERDANGE
*Chants des gorges*

34. SÉBASTIEN LAPAQUE
*Court voyage équinoxial*

35. ANDRÉ BUCHER
*Pays à vendre*

36. LAWRENCE SCOTT
*Calypso de nuit*

37. MICHÈLE LESBRE
*La Petite Trotteuse*

38. JOSEPH COULSON
*Le Déclin de la lune*

39. TAKIS THÉODOROPOULOS
*Le Roman de Xénophon*

40. DUONG THU HUONG
*Terre des oublis*

41. VINCENT BOREL
*Pyromanes*

42. RAJAE BENCHEMSI
*La Controverse des temps*

43. ROSAMUND HADEN
*L'Église des pas perdus*

44. NUALA O'FAOLAIN
*L'Histoire de Chicago May*

45. FRANÇOIS JONQUET
*Et me voici vivant*

46. ZAHIA RAHMANI
*France, récit d'une enfance*

47. FIONA KIDMAN
*Rescapée*

48. 12 ÉCRIVAINS NÉO-ZÉLANDAIS
*Les Belles Étrangères*

49. HYAM YARED
*L'Armoire des ombres*

50. ANDRÉ ROLLIN
*La Mémoire de l'iceberg*

51. ANDRÉ BUCHER
*Déneiger le ciel*

52. TARIQ ALI
*Un sultan à Palerme*

53. ROBERT BELLERET
*Faits divers*

54. DUONG THU HUONG
*Itinéraire d'enfance*

55. MICHÈLE LESBRE
*Le Canapé rouge*

56. DIANE MEUR
*Les Vivants et les Ombres*

57. MARIANNE RUBINSTEIN
*Le Journal de Yaël Koppman*

58. CHRISTOPH PETERS
*Une chambre au paradis*

59. JEAN-CLAUDE FIGNOLÉ
*Une heure pour l'éternité*

60. OSCAR VAN DEN BOOGAARD
*La Plage verticale*

61. TARIQ ALI
*Le Livre de Saladin*

62. MICHAL GOVRIN
*Sur le vif*

63. FRANÇOIS JONQUET
*Daniel*

64. YANICK LAHENS
*La Couleur de l'aube*

65. TAKIS THÉODOROPOULOS
*L'Invention de la Vénus de Milo*

66. PHILIPPE DE LA GENARDIÈRE
*L'Année de l'éclipse*

67. JEAN MATTERN
*Les Bains de Kiraly*

68. NUALA O'FAOLAIN
*Best Love Rosie*

69. CATALOGUE GÉNÉRAL

70. DUONG THU HUONG
*Au Zénith*

71. JACQUELINE DEMORNEX
*Le pire, c'est la neige*

72. SELINA SEN
*Après la mousson*

73. MICHÈLE LESBRE
*Sur le sable*

74. TARIQ ALI
*L'Ombre des grenadiers*

75. ANNELISE ROUX
*La Solitude de la fleur blanche*

76. CATHERINE MAVRIKAKIS
*Le Ciel de Bay City*

77. FORREST GANDER
*En ami*

78. HAMID ISMAÏLOV
*Le Chemin de fer*

79. HYAM YARED
*Sous la tonnelle*

ACHEVÉ D'IMPRIMER
SUR PAPIER CENTAURE NATUREL
EN JUILLET 2009
SUR LES PRESSES
DE
L'IMPRIMERIE F. PAILLART
À ABBEVILLE
POUR LE COMPTE
DE SABINE WESPIESER ÉDITEUR

IMPRIMÉ EN FRANCE

NUMÉRO D'ÉDITEUR : 79
ISBN : 978-2-84805-077-5
DÉPÔT LÉGAL : OCTOBRE 2009